UN PAS DE PLUS

Marie Desplechin, née en 1959 à Roubaix, vit aujourd'hui à Paris. Elle est notamment l'auteur d'un recueil de nouvelles, *Trop sensibles* (1996) et de deux romans, *Sans moi* (1998) qui a connu un succès exceptionnel en France et à l'étranger et *Dragons* (2003). Elle est aussi l'auteur de nombreux livres pour la jeunesse.

Marie Desplechin

UN PAS DE PLUS

NOUVELLES

Éditions Page à Page

TEXTE INTÉGRAL

ISBN 2-02-084592-X
(ISBN 2-913607-30-6, 1ʳᵉ publication)

© Éditions Page à page, mars 2005

À ceux qui commandent les nouvelles
À ceux qui les éditent
À ceux qui les lisent

Pluie d'été

J'ai fait une connerie avec Hervé. Hier soir, quand nous sommes sortis du restaurant, je lui ai demandé :

– Tu es en voiture ?

– Oui. Tu veux que je t'accompagne à une station de taxis ?

Je lui ai répondu :

– Veux-tu que je reste avec toi cette nuit ?

C'est là que j'ai fait l'erreur. Il a baissé la tête. Je sais ce qu'il a pensé : peut-être je m'arrête, je la regarde, alors je l'embrasse en plein sur les lèvres, ou plutôt sur la joue, ou je mets ma main sur son cou, ou je lui dis quelque chose, n'importe quoi, c'est idiot, je suis idiot. Tant pis, je ne dis rien. Voilà la voiture.

Mais quand il a ouvert la portière, moi je l'ai attrapé par l'épaule, je l'ai embrassé en plein sur les lèvres, puis sur la joue et j'ai posé la main sur son cou.

– Je suis idiote, j'ai dit.

– Non, non. Pas du tout. Enfin, je veux dire, non, tu n'es pas idiote du tout.

Il bredouillait. Il a démarré la voiture.

Nous sommes allés chez lui. Rien n'est plus étrange que de faire l'amour avec quelqu'un qui est votre ami depuis des années. Nous avions beau rire et plaisanter, j'ai gardé toute la nuit l'impression de trahir un bon copain. Trop de sympathie et pas assez de sentiment. Quand il s'est endormi, je suis restée immobile dans la nuit, les yeux ouverts, à penser doucement. Les idées allaient en moi comme des oiseaux dans une cage, se heurtant au hasard des plafonds. Je ne savais pas très bien pourquoi je m'étais mis en tête de coucher avec lui. Si ce n'est qu'il en avait envie depuis longtemps.

Au matin, je me suis réveillée de toutes mes forces. Par la fenêtre sans rideau, le soleil tapait comme un dingue. Hervé dormait, allongé sur le ventre. J'ai tourné lentement la tête. J'ai repoussé très doucement la couverture. J'ai posé un pied par terre, puis l'autre, et je suis sortie hors du lit.

Sur le carrelage de la salle de bains, il y avait un savon friable et rongé par l'eau. Je me suis lavée vite et rincée à l'eau froide. Quelquefois j'ai les idées si claires qu'elles me font mal aux yeux. Pour me sécher, je n'ai trouvé qu'une serviette, une toute petite serviette blanche et râpée.

Je suis entrée dans la cuisine. Au-dessus de l'évier, la fenêtre donnait sur une cour pavée. À l'angle de la cour, un acacia poussait de guingois. Au pied de l'acacia, un type bricolait une mobylette.

Sept heures. J'ai bu un Nescafé, assise à la table carrelée. Puis j'ai allumé une cigarette. Une paix pleine de fatigue est montée de mon cœur à ma pensée. La fumée du matin me rappelle d'autres matins, dans des voitures, dans une ville endormie, sur une route de campagne. J'aurais bien aimé m'endormir là, sereine, prise dans le feuilleté du souvenir.

La porte s'est refermée doucement derrière moi. Dehors, il faisait grand jour. Il suffisait de sortir pour se baigner dans le soleil, acheter le journal et prendre son petit déjeuner. Il suffisait de sortir pour être libre et tranquille. J'ai regardé la porte fermée.

Il faut toujours commencer les choses et ensuite les finir. Celui qui entre dans un appartement devra en sortir. Celui qui a signé une embauche signera un compte d'heures. Celui qui est né va mourir. Je me suis demandé si Hervé n'allait pas sortir sur le palier, me prendre par la manche, et me recoller au lit pour que je m'endorme à nouveau. J'aurais bien aimé que quelqu'un s'occupe de moi. Mais je ne voulais pas me recoucher avec Hervé. Pas ce matin en tout cas. Souvent je me demande si les morceaux cassés ne vont pas, par miracle, se ramasser sur eux-mêmes et refaire ce qui a été détruit. J'ai tourné le dos à la porte, j'ai ramené mon sac sur mon épaule et j'ai appelé l'ascenseur.

Quelques minutes plus tard, je traversais la place de la République, dans le calme particulier du matin. Les voitures vertes du nettoyage urbain cahotaient le long des trottoirs qu'elles arrosaient au hasard des jets. À une centaine de mètres de la place, un café borne le coin de la rue du Temple. La patronne passait la serpillière sur le carrelage. J'ai traversé la salle à grandes enjambées. J'ai jeté mon sac sur la banquette et je me suis assise à ma table, une petite table proche de la vitre.

Au soleil, devant du pain et un bol de thé, je me suis trouvée bien. J'étais seule et les poches pleines de monnaie. J'ai pensé que je touchais du doigt le bonheur. Un joli sentiment, tiède et lisse, gonflé comme une brioche.

Puis c'est arrivé, d'un coup, nettement et sans prévenir. L'ordre du monde a commencé à basculer. Les heures à venir se sont durcies. Dans ma poitrine, ma respiration s'est accélérée. Dans mon esprit, l'ombre du bonheur a implosé. Le sentiment de plénitude s'est retourné. En s'effondrant sur lui-même, il a ouvert un gouffre, puis un autre. Le miroir du jour s'est fendillé, d'abord doucement puis avec une rapidité affolante. Tous les éclats du monde ont explosé et derrière eux il n'y avait plus que le vertige, qui a foncé sur moi comme un vent du désert.

– Ma petite fille, avait expliqué ma marraine quand j'avais douze ans, personne ne peut expliquer ce que c'est. On peut seulement dire que c'est là.

De sa petite main, elle se frottait le ventre. Elle dodelinait sa tête ronde aux cheveux coupés courts. Elle a levé le menton et fini d'un coup le verre de vin blanc qu'elle venait de servir.

Quand elle s'est levée du fauteuil où elle était enfoncée, elle vacillait de tout le corps, toute droite et partout tremblante. Elle est allée au réfrigérateur où elle avait trouvé la bouteille. Elle a ôté le bouchon et elle a approché le verre qu'elle a rempli jusqu'au bord.

– Non, j'ai dit, en la suivant pas à pas. Non. Non.

Elle ne m'a pas répondu. Elle a bu très vite. Elle a eu un sourire apaisé. Elle est revenue s'asseoir dans le fauteuil.

– C'est comme une bête qui s'est accrochée là, un jour, et qui refuse de partir. Quand elle bouge, j'ai mal. C'est difficile de l'empêcher de bouger.

J'ai imaginé un hippocampe, rose et serpentin. On

voyait, à la naissance des bras, la cicatrice soufflée des tendons coupés. Pour rééduquer la main et le poignet, on conseille de manier souvent une petite balle en mousse.

– Faut pas pleurer, a dit ma marraine. Elle a approché la main de mes cheveux et les a lissés de la paume. Tu n'y es pour rien. Ce n'est pas de ta faute.

– Je devais te surveiller, ai-je murmuré. Les parents me l'avaient demandé. Quand ils sont partis en course, ils ont caché les médicaments. Ils n'ont pas pensé au vin.

Ma marraine a souri.

– Heureusement, on ne peut pas penser à tout. Mais je n'aurais pas dû me réveiller. Pas d'importance, je vais me rendormir. Tu n'auras pas besoin de leur dire que je me suis levée.

Elle s'est appuyée aux accoudoirs pour sortir du fauteuil. Dans son pyjama froissé, elle était très mince et comme rétrécie. Elle a regagné sa chambre aux volets fermés et elle est tombée sur le lit sans fermer la porte. Je pleurais toute seule dans le salon vide. Nous étions en été, il était dix heures du matin.

Les rues se sont vidées brusquement. J'ai essayé de penser très fort, en tournant sans les regarder les pages du journal. L'hippocampe se déployait dans mon ventre. Il a gonflé. Il a coupé ma respiration. J'ai eu envie de vomir.

Les photos dans le journal se sont brouillées. Une bouillie noire qui colle aux doigts. J'ai refermé les pages lentement, avec attention. Et j'ai commencé à pleurer. Mes larmes étaient beaucoup trop nombreuses, elles dégoulinaient sur mes mains. Je n'y tenais plus. J'ai fourré la tête dans mon sac pour en tirer mon carnet d'adresses. Je l'ai serré entre les doigts.

– Où je vais aller ?

Mon corps était devenu trop grand pour moi, une masse lourde et douloureuse et que mon esprit n'avait plus la force de bouger. J'ai repoussé la table devant moi, en mesurant mes gestes. La patronne me regardait avec des yeux furieux. Le téléphone était au fond de la salle à gauche.

– Où je vais aller. Où je vais aller. Où je vais aller.

J'ai fait au plus simple. J'ai appelé mon cousin.

Sur la porte vitrée qui donnait sur la salle, on lisait par transparence, en lettres dorées, *Toilettes-Téléphone*. À droite, une porte mi-close donnait sur un réduit noir. Une sévère odeur de Javel tenait la place.

Je me suis appuyée au mur carrelé, à côté du téléphone, j'ai cherché des pièces dans ma poche. J'ai regardé mes pieds, mes lacets défaits. Dans la poche intérieure de mon blouson, j'ai pris mes lunettes noires. J'ai composé le numéro de mémoire.

– Allô, c'est moi.

– Ça va, toi ?

J'ai répondu par un petit hoquet.

– Eh bin, eh bin.

– Je ne vais pas très bien, ai-je soufflé.

– Je vois.

– Qu'est-ce que je vais faire ?

– Où tu es ?

– À la Répu.

– Viens tout de suite, je t'attends.

– Mais comment je vais faire ? Je n'arrête pas de pleurer.

– Prends un taxi.

– Je ne pourrai pas.

– Le métro alors.

14

– Impossible.

– Prends tes jambes et marche, banane.

Je me suis mouchée dans un chiffon de papier. J'ai raccroché et une avalanche de pièces blanches est tombée de l'appareil. Mince, trois euros. J'ai ramassé la monnaie et je suis revenue dans la salle. En sortant, j'ai laissé sur la table mon journal et les trois euros que la patronne a ramassés d'un geste égal.

J'ai pris la rue du Faubourg-du-Temple, le boulevard de Belleville. Je marchais lentement pour ne pas brusquer l'hippocampe qui s'était recroquevillé et sommeillait, gros comme le poing, à la hauteur de mon plexus. Une foule grumeleuse coulait sur les trottoirs. Elle entraînait des milliers de têtes qui flottaient comme de petits bouchons aveugles. À contre-courant, j'essayais d'avancer sans voir, laissant mon regard mort traîner dans l'air.

La peau grise est comme un voile, la chair violette est striée de nerfs blancs, les os sont d'ivoire et le cœur rose est spongieux. Il est très désagréable de devoir penser à toutes ces choses. Il est très désagréable de percer l'apparence et de voir à travers la peau.

La foule a un seul regard, fixe et cruel. On se laisse attraper par le regard. On se laisse emmener et séquestrer dans un lieu silencieux. Là, il peut arriver que l'on vous arrache les yeux et que l'on vous coupe la langue, et que l'on martèle vos doigts jusqu'à ce qu'explosent les petits os. Les murs sont éclaboussés de sang épais et de caillots. Les mots sont les pires des chiens, ils nous entraînent malgré nous où nous ne voulions pas aller, ils nous obsèdent, ils nous refusent le moindre repos, le moindre repos.

Mais avant ? Avant c'est ailleurs. La mémoire organise les amnésies. Elle possède plusieurs étages, hermétiques et que ne relie aucun passage. L'un d'eux est un enfer. Quand on y bascule, à l'instant même où l'on perd pied, on oublie tout, et jusqu'à la nature de la lumière. Mais une fois revenu au monde, on ne garde qu'un fin souvenir de l'enfermement. Il résonne comme l'écho assourdi de la douleur.

Je comptais mes pas, de un à vingt. Parvenue à vingt, je recommençais. La musique des chiffres berçait l'hippocampe. Je chantonnais pour le garder immobile au-devant de mon ventre. Je faisais très attention à ne pas cesser de chanter. Au long de la rue du Faubourg, à mon passage, les magasins s'ouvraient comme des fleurs. Avec le mouvement d'un calice qui se penche, la ville se ramassait autour de moi.

Tandis que je marchais, un nom est venu se mettre en travers de ma mémoire. Derrière le nom, il y avait un lit dans une chambre d'hôtel, et allongée sur ce lit, je regardais un garçon qui ôtait ses vêtements. Il était à demi dévêtu, je le regardais faire, adossée aux oreillers.

J'ai pensé que j'aimerais revenir à l'hôtel, pour les quelques heures qui allaient venir. Mais le moment était passé et le garçon était parti. Rien ne sert d'aspirer à la répétition des moments disparus, pas plus que de les regretter. Pas de quoi être triste, ni tellement gai d'ailleurs. L'amour est un lieu désert, une chambre abandonnée, rien à perdre, rien à gagner. Je voulais me souvenir de ses traits, mais je ne trouvais que des mots. Son nom revenait et le regret tenace me tenait comme une nausée.

Sur le boulevard de Belleville, le marché avait dressé ses tentes bruyantes. On le traversait par un couloir étroit ouvert entre les étals. Derrière les vendeurs qui hurlaient, dans les caniveaux, s'écrasaient les fruits tachés, les légumes rongés que les pauvres et les clochards ramasseraient. Mes larmes coulaient sans fin sur mes joues. Une crue tiède, échappée de la fonte de mon âme.

– Toi, ma fille, faut pas pleurer si fort, a lancé une grande femme en tablier, rangée derrière ses casiers de légumes.

Plus loin, deux hommes en bleu se sont écartés pour me laisser passer, m'accompagnant de leur double regard désolé.

En haut du boulevard, enfin je suis arrivée. J'ai poussé la grosse porte de bois. Sous le porche, les pavés au sol absorbaient l'ombre humide. Dans la cour intérieure s'était installée une entreprise qu'annonçait un large panneau émaillé : La Belle Vie. Donnant dans le porche, un escalier partait sur la droite. Polies par les pas des locataires, les marches blondes allaient en s'incurvant.

Du poing fermé, j'ai frappé plusieurs fois avant qu'il ne vienne m'ouvrir sa porte, hirsute et familier, à peine réveillé, enroulé dans son peignoir déchiré.

– Entre, a-t-il dit en me prenant par l'épaule.

Il m'a fait asseoir sur le bord du lit. J'étais là, les jambes serrées, les genoux bien droits, le dos voûté, les mains jointes devant le nez. Je reniflais, ma veste noire sur le dos, mon sac posé à côté de moi. Une passagère lamentable, abandonnée à l'arrêt d'un bus.

– Bon, tu peux arrêter de pleurer. Tu es arrivée.

– Nulle part, j'ai gémi, je ne suis arrivée nulle part. J'ai baissé la tête.

– Ça va s'arranger… Pas la peine de secouer la tête, je te dis que ça va s'arranger.

Mais il a bien remarqué que rien ne s'arrangeait et il a ajouté :

– Allons bon, qu'est ce qui se passe ?

– Va savoir. Ça me tombe dessus d'un seul coup. D'habitude j'y arrive, mais là, ce matin, je n'y arrive plus, je suis fatiguée.

– Mais quand même, il s'est bien passé quelque chose, même quelque chose d'insignifiant…

– Oh non, tout est pareil. Rien de neuf. Sauf que je suis fatiguée.

Il a baissé la tête. Il a regardé le bout de ses souliers.

– Ne t'excuse pas. Tu n'es pas plus lourde que les autres.

– Tu crois ?

– Les gens légers, a-t-il remarqué en allumant une cigarette, les gens légers sont mille fois plus lourds que les gens lourds. Parce que les gens légers sont emmerdants. Souviens-toi de ça, ma grosse. Et pèse.

– Je vais faire un café chaud. En attendant, prends ça.

Il a fouillé dans sa poche. Il en a sorti une tablette de cachets bleu pâle.

– Et ça.

Il m'a tendu un livre qu'il a pris sur son bureau.

– C'est l'histoire d'un type déprimé qui décide de partir en voyage. Bref, il part. Très vite, il se rend compte qu'il s'est trompé, que sa vie est encore plus pénible quand il est loin de chez lui. Il est même tellement malheureux qu'au bout du compte il fait un arrêt cardiaque. Dans une chambre d'hôtel, tout seul. Tu verras, c'est bien. C'est drôle.

J'ai saisi machinalement la tablette et le bouquin.

– Tu es sûr que je ne t'embête pas ?

Il a haussé les épaules et il est sorti de la pièce.

Docilement, je me suis allongée et j'ai déployé la couette entassée à mes pieds. J'ai ramené les genoux sur ma poitrine et j'ai écouté. Le bruit des plateaux que l'on heurte, des bols que l'on déplace, le souffle du frigo que l'on ouvre et que l'on referme, les cuillères qui tombent sur le carrelage. Les mille petits bruits de la cuisine se mariaient aux soliloques de Frank.

Le bruit a déposé sur mon ventre une large compresse. Le soleil passait par le store, en tranches de lumière prédécoupées, et tombait sur le bureau encombré. Trois paquets de Winston sans filtre, un petit carnet, un stylo à plume, des stylos bille, des crayons de bois sans mine, mais pas de taille-crayon, un portefeuille, une carte bleue, un pantalon de toile roulé en boule avec un polo, une brosse à dents sèche et ébouriffée, des photos, des livres entassés, une boîte de Doliprane, une boîte de Lysanxia, une boîte de Spasfon. Des sparadraps. Au cas où. Des cassettes de musique. Une chaussette.

Comme autant de canaux endormis, tous les petits muscles de mon corps se sont apaisés. Je me suis endormie. Quand Frank est revenu, un bol à la main, je dormais profondément dans ma veste, les bras le long du corps, le nez dans l'oreiller. Il a déposé le bol au pied du lit.

Quand j'ai ouvert les yeux, les marchands démontaient leurs étals, dans un océan de trognons de salade et de fruits pourris.

Je me suis assise, en serrant contre moi ma veste.

J'ai vu le bol de café au pied du lit et je me suis levée. J'ai jeté un coup d'œil par la porte entrouverte. Il était assis à la table, dans son peignoir. Un crayon à la main, il lisait un livre qu'il annotait tandis qu'une cigarette se consumait dans le cendrier.

J'étais paisible à le regarder dans le soleil de midi quand la sonnerie du téléphone est venue déchirer le silence. Frank a bondi vers le poste et il m'a vue, debout dans le cadre de la porte.

– Ne décroche pas !

Le téléphone a sonné un long moment dans la petite pièce. Quand le répondeur s'est mis en marche, Frank s'est penché sur le haut-parleur. Rien. Bip. Pas de message.

– Ah, tu vois bien, a-t-il dit triomphalement.

– Je vois bien quoi ?

– Si c'était pour me dire quelque chose, on m'aurait laissé un message.

– Et alors ?

– Alors, on voulait juste vérifier que j'étais là. On voulait me faire un peu de mal, accessoirement, au cas où je décrocherais. Mais je ne décroche pas. Pas si con.

Le téléphone se l'est tenu pour dit. Il est resté immobile et silencieux comme un animal battu, plein de reproches muets et de menaces hypocrites.

– Je vais m'habiller, a dit Frank en passant dans sa chambre. Prends un bol sur la table. Le café est chaud, je viens d'en refaire.

Je me suis servie. J'ai regardé le café profondément, tout au fond de mon bol. J'ai vu le sucre imploser dans le liquide chaud, se recroqueviller et se désagréger. J'ai pensé à la disparition, à l'éloignement, à l'exil. J'avais envie de mourir. J'ai posé la main sur mon ventre et je me suis remise à pleurer à grosses gouttes, comme une pluie d'été en Flandres. De gros paquets d'eau qui s'écrasent lentement dans un air saturé.

– Aaaaaah, a soufflé Frank en sortant de sa chambre à demi recroquevillé. Il avait enfilé un pantalon de toile grège qu'il finissait de boutonner. Aaaaaah, ce que j'ai mal au ventre.

Il a levé les yeux de sa ceinture et m'a regardée d'un œil dégoûté.

– Encore ? Tu pleures encore ? Tu te fous de moi ?

Il se frottait le front d'une paume fatiguée.

– Tu veux que je m'en aille ?

J'ai écarquillé les paupières, le menton levé, le regard au plafond, gardant mes larmes sur l'œil, un vrai lac salé.

– Reste, imbécile, reste. Mais fabrique quelque chose à manger, au lieu de geindre. Tu trouveras des trucs dans le frigo. Je vais acheter le journal et des cigarettes.

Pour accompagner les pâtes, j'ai ébouillanté des tomates. Leur peau a crevé d'un coup et elles sont remontées comme des ballons vers la surface tremblante de l'eau. J'ai retiré la casserole du feu et vidé l'eau chaude dans l'évier. J'ai fait doucement rouler les tomates sur une assiette. Au fur et à mesure qu'elles refroidiraient, la peau devenue trop étroite se rétracterait sur la pulpe. Il suffirait de prendre le fruit entre le pouce et l'index et de tirer légèrement pour obtenir des tomates toutes nues que je découperais en croissants. Dans le fond de la casserole, j'ai déposé deux cuillères de beurre que j'ai mis à ramollir. Quand le beurre a fait entendre un frisson, j'y ai jeté des feuilles de basilic. J'ai regardé les feuilles drues tremper dans le jus blond, et s'y faner sans perdre leur vert épais.

La cuisine était si petite qu'en se retournant on pouvait alternativement préparer les couverts, surveiller les cuissons, faire la vaisselle. Pour attraper les éponges ou les épices, on levait le bras. En s'agenouillant, on nettoyait le frigo. Assaisonner, rectifier, relever. Laver, rincer, ranger. La cuisine est un tout petit monde heureux.

— Tu veux encore des pâtes ? ai-je demandé.

Quand il a eu repoussé son assiette devant lui, il m'a regardée curieusement. J'avais le visage lisse et reposé, comme au sortir d'une nuit paisible. Des pleurs du matin, on ne devinait plus rien qu'une paupière un peu soufflée. C'était bien la peine. Il s'est levé de table.

— Je vais faire du café.

De l'autre côté du mur, je l'écoutais remuer dans le réduit. J'ai croisé les jambes et allumé une cigarette.

Quand il est revenu s'asseoir en face de moi, il a attrapé ma main et a pincé le bout de mes doigts.

— Tu te ronges les ongles maintenant ?

— De temps en temps. Quand je me sens malheureuse.

Frank a laissé retomber ma main et il a soupiré.

— Crois-tu que nous sommes plus malheureux que les autres ?

— Qui nous ?

— Toi, moi, par exemple.

J'ai rigolé.

— Pas plus malheureux, non. Mais nous anticipons. Nous crions plus fort et plus vite. Nous gueulons comme des putois avant même d'être touchés. Ça n'empêche pas les coups. Ça les met en musique.

– Tu fais quoi ce soir ? a demandé Frank.

– Rien.

J'avais beau ne plus pleurer, je ne me sentais pas très fière. À peu près aussi solide qu'une figurine de papier que l'on découpe et que l'on fait tenir debout en l'appuyant contre une allumette.

– Je ne sais pas très bien comment faire pour rentrer chez moi, ai-je ajouté, pensant à haute voix, augurant mal de mon retour dans mon appartement désordonné. Je ne sais pas si j'aurai la force de tirer toute une nuit toute seule.

– Reste ici, tu dormiras dans le canapé. Je sors ce soir, tu regarderas la télé en m'attendant. Je ne devrais pas rentrer tard. Et je te laisserai le numéro de téléphone. Tu n'as pas besoin de passer chez toi pour chercher tes affaires ?

– Quelles affaires ? J'ai tout ce qu'il faut dans mon sac, mon carnet d'adresses et ma carte bleue. Tu me prêteras bien une brosse à dents. Pour le reste, je peux toujours acheter des chaussettes au Monoprix.

Frank a levé les yeux au ciel.

– Au Monoprix. Tu parles d'une vie. Et après elle me dit qu'elle est fatiguée. Le jour où tu auras trouvé le moyen de fourrer dans ton appartement quelque chose dont tu as besoin, un type, un bouquin, une collection de timbres, ce jour-là je peux te jurer que tu te sentiras moins fatiguée.

– J'ai peur, disait ma marraine, j'ai peur.

Elle avait pourtant un mari, des enfants, un appartement, des objets. Dans l'appartement, tous les volets étaient fermés, les rideaux tirés.

– J'ai peur, disait-elle seulement quand vous la croisiez dans le couloir sombre et que vous lui preniez la main.

Elle dégageait sa main et elle retournait à sa chambre. C'était très mystérieux, cet appartement sombre et cette chambre où elle dormait sans cesse.

Certainement, elle n'avait trouvé personne pour l'empêcher de rentrer chez elle. Seule, elle n'avait pas eu la force de s'enfuir. Alors elle s'était retrouvée comme un rat, prise au piège, incapable de soulever la porte de sa cage.

– Donc, c'est d'accord. Tu es sûr que ça te ne pose pas de problème ?

– Aucun problème. De toute façon personne ne vient plus ici. Je suis tellement sinistre que j'ai fini par mettre tout le monde contre moi.

– Pas de fiancée ?

– Plus jamais.

– Ne dis pas ça, c'est bête.

– Non c'est juste. J'y ai consacré assez de temps et d'énergie pour savoir de quoi je parle. Franchement je préfère être seul. Tout le monde y gagne.

– Moi j'y gagne, peut-être, ai-je relevé. Toi, je ne sais pas. Qu'est-ce que je peux faire d'ici ce soir ?

– Sans risque, je vois le sommeil, la lecture, peut-être un peu de télévision…

– Bon, ai-je dit. Merci.

– Pas de quoi.

– Quand même, tu me sauves un peu la vie.

– C'est ça. Place-le dans la colonne Crédit.

Dehors, l'après-midi triomphait. Le soleil jouait de la trompette. Nous étions assis tous les deux devant le café froid, à feuilleter le journal partagé en deux. L'été versait sur nous des flots de tendresse. J'ai inspiré profondément. L'hippocampe s'est ratatiné, écrasé, étouffé par la seule force de mon diaphragme. Il s'est noué sur lui-même, quelque part dans le ventre. Il a disparu dans la confusion des cellules du corps.

– Tu vas mieux ? a demandé Frank en levant les yeux.

– Oui. Je crois que c'est fini.

Il a posé la main sur mon épaule.

– Tu vois, il ne faut pas se laisser impressionner. C'est comme le mal de ventre, ça finit toujours par passer.

– Presque toujours, ai-je pensé.

Mais je n'ai rien dit. J'étais tranquille. Je n'avais plus tellement besoin de parler.

Nous entrerons dans la carrière

Je jure un truc, un seul, mais je le jure sur ma tête : cette saloperie de fiche de paie est la dernière que je reçois de ma vie, je ne suis pas un chien, je ne suis pas une merde, je suis une personne humaine, je veux de la tune, je veux des sapes, je veux ma tronche à la télé et je te promets que je le veux vraiment, tu vas voir ça.

Pour voir, on a vu. Enfin, moi j'ai vu. J'aurais préféré ne pas voir, mais on ne fait pas toujours ce qu'on veut, quoique, peut-être que les autres si, ils font ce qu'ils veulent, mais, pour ma part, c'est plutôt non, j'aurais tendance à faire ce que veulent les autres, ce que veut n'importe qui, n'importe quoi. Et puis Edwige est mon amie. L'amitié est sacrée, surtout quand on n'a rien d'autre à foutre, je veux dire surtout quand on n'a pas d'amour, nulle part, rien. On a peur alors de devenir fou, la solitude attaque les cellules du cerveau c'est connu, il vaut mieux être deux que tout seul, pour affronter la vie.

Edwige est allée voir le patron, elle lui a dit : toi, espèce de salope, c'est la dernière fois que tu entubes une stagiaire, je te fous l'inspection du travail au cul. Elle avait laissé la porte du bureau grande ouverte, tout le monde a profité des hurlements, mais personne n'a rien dit, ni dans un sens ni dans l'autre. Moi la première, j'ai baissé la tête sur mon bureau, j'ai cliqué comme une malade pour me donner une contenance, t'aurais pu dire quelque chose, a remarqué Edwige, plus tard, devant un café, t'es vraiment une lavette. Non, j'ai dit, je ne pouvais pas, j'ai trop peur de prendre une baffe, j'ai peur d'être battue, j'ai peur des cris, j'ai si peur que ça me met les larmes aux yeux, je préférerais tuer, mais me disputer, ça jamais, toute ma vie j'ai appris à m'écraser, je suis pire qu'un concombre des mers, je suis amollie comme une viande, je suis un sac de viande, je suis pourrie. Arrête, a dit Edwige, tu me dégoûtes, vous me dégoûtez toutes, bande d'esclaves. Oui, j'ai dit, esclaves, esclaves, on a commandé un deuxième café et après il a fallu partir en courant sans payer. Jamais, a fait Edwige jamais je paierai un café trois euros, jamais tu m'entends.

Bite, a dit Edwige, combien de synonymes de bite tu connais ? J'en connaissais pas beaucoup, teube, j'ai dit, merci, a fait Edwige je ne peux pas écrire bite quatre fois dans la même page, on sort de la littérature, il faut des équivalents, il faut enrichir son vocabulaire, il faut l'assouplir et le discipliner, il faut que je l'adorne et que je le chantourne, il faut que je peine et que nous peinions, et si je mettais pénis pour une fois c'est moche mais c'est imagé, quel boulot bon Dieu quel boulot de merde. Edwige a décidé d'écrire un livre de cul, hard, dit-elle, bien hard, pour une fille mignonne comme moi je ne vois pas de meilleur moyen de passer à la télé et de ramasser le pactole. Et verge ? C'était moi qui parlais soudain, je venais d'avoir une autre idée. Tu y avais pensé à verge ?

Quand je retournai au boulot, le patron disait qu'il l'avait virée, cette malade, cette dingue, mais Edwige pensait qu'elle avait démissionné, je l'ai bien claqué ce connard et elle ajoutait : c'est malin j'ai plus d'argent, déjà j'en avais pas beaucoup avant mais maintenant j'en ai plus du tout, et pour le coup c'était vrai, j'étais bien placée pour le savoir, elle était venue s'installer chez moi. D'accord, j'avais dit, tu dormiras sur le canapé, je garde la chambre et tu mets tes meubles à la cave. Quels meubles ? a demandé Edwige. J'ai rien ma vieille, même le lit c'est ce salaud de Maurice qui me l'a prêté il n'a qu'à se le reprendre, son lit, et se le garder, et sa teube aussi pendant qu'il y est qu'il se la garde, qu'est-ce que j'en ai à battre, je peux ranger ma valise dans la penderie ?

Au bout d'une semaine, Edwige est passée dans la chambre, il me restait le canapé. C'est plus pratique, a-t-elle dit, je préfère écrire la nuit, allez fais pas ta mauvaise tête, ça sert à rien de tirer la gueule, tu te lèves tôt demain.

Un jour ma chérie, a-t-elle promis ensuite, un jour bientôt j'aurai de l'argent. Je paierai l'appartement, je paierai la bouffe et le téléphone, je te paierai des vacances et jamais plus tu ne travailleras je te le promets, tu seras ma petite chérie de luxe et je t'entretiendrai, tu verras, appelle ça comme tu veux c'est un placement. Voui, j'ai dit, je veux bien te croire mais plus vite tu fileras écrire dans ma chambre, plus vite on ira au paradis des riches, j'ajoute que j'en ai marre de t'avoir dans les pattes, le soir j'ai envie de regarder la télé, toute seule, sans toi, bonne nuit. Calte. Merci.

Ce même soir, Edwige n'est pas allée travailler dans la chambre, non. Elle est restée collée à côté de moi pendant des heures devant la télé. À la fin elle a voulu qu'on partage son sang, bon d'accord, j'ai dit, va chercher le cutter, mais après tu te tires tu me fais chier à la fin, travaille un peu.

Elle a coupé son pouce, il a fallu qu'elle presse, le sang ne voulait pas venir, l'entaille n'allait pas assez profond. Elle répétait, dépitée et moi qui croyais que les doigts pissaient le sang. Elle a recoupé, c'est venu, elle a pressé le sang dans un ravier, trois gouttes. J'ai pris le cutter, j'ai cassé le dernier bout de lame sur le bord de ma semelle et j'ai taillé dans la paume, coup franc, mon sang a fait raz de marée dans le ravier puis tsunami sur le canapé. Sœurs de sang, a hurlé Edwige, bouge pas je vais chercher un torchon. Elle était très contente, moi moins, j'avais peur du mélange des fluides sur la plaie après on est malade, on ne sait pas de quoi, d'un truc qui n'existe même pas encore.

Maurice a l'air beau mais en fait il est moche. Un grand gars, un visage avenant ça oui, et des traits réguliers, des cheveux lisses et marron et en nombre suffisant, bonnes épaules, longues jambes, mains fines et tout un tas de dents assez blanches. Maurice est un type bien dans les détails, je veux dire sur n'importe qui d'autre un seul de ses nombreux détails ferait des miracles. Comment est-ce Dieu possible que le tout assemblé rende un si piètre effet, voilà l'immense mystère de la création qui veut que l'ensemble ne soit jamais la somme de ses parties. Jamais. Pauvre Maurice, il a un regard de lapin, un regard rond et attentif. À la fin quand Edwige en a eu marre, elle me l'a passé. Mais j'avais beau faire des efforts en pensant qu'il couchait avec elle quinze jours plus tôt, je ne parvenais pas à m'y intéresser d'assez près pour conclure. Ce type suait l'ennui, même moi ça me tuait. T'as qu'à l'attacher aux barreaux de son lit, a remarqué Edwige en haussant les épaules, plus une ou deux gifles, j'ai rien trouvé de mieux pour le réveiller et au moins ça lui donne un genre. Ça alors, j'ai dit quel culot, encore une trouvaille pour rien branler. D'habitude c'est moi qu'on attache, franchement pour ce qu'il y a à faire j'aime autant. Répète ça lentement, a dit Edwige en taillant son crayon, je vais le mettre dans le bouquin.

Après, Maurice a décidé de faire la tête, peut-être qu'il s'estimait injustement traité, les gens sont susceptibles en cette fin de siècle, ils ne sont plus comme avant, leur sexualité s'est usée, ils sont sensibles et décadents. Toujours est-il qu'il n'est plus venu à l'appartement avec son beurre et son jambon et rapidement on n'a plus mangé que des pâtes à l'eau. Encore des pâtes, a gémi Edwige, comment tu veux que je bosse, j'ai l'intestin en compote. Attends un peu, j'ai répliqué, je paie le loyer, je paie les impôts, l'électricité et le téléphone, il reste l'argent des pâtes et je le partage, je ne suis pas ministre moi, j'ai des obligations financières… Ça va j'ai compris, a dit Edwige, demain je vole des rillettes.

Un peu plus tard dans la soirée, elle est venue s'enfoncer à côté de moi dans le canapé. Ma chérie, a-t-elle dit, piquer des rillettes n'est pas la solution. La solution, c'est que je prenne tout ce que j'ai déjà écrit, que je le fourre dans les griffes d'un type qui s'y connaît et qu'il me file une ou deux patates. Tu rêves, j'ai dit, personne n'achète un boulot pas fini. Erreur, a triomphé Edwige, il arrive – tu m'entends ce n'est pas obligé mais il arrive – que des maisons d'édition accordent des avances à de jeunes auteurs prometteurs. Et qu'est-ce que tu promets toi ? j'ai demandé en rigolant. Arrête de rire connement et regarde-moi, a dit Edwige qui ne riait pas du tout, je promets beaucoup, souviens-toi de ça ma vieille, beaucoup.

Si je pouvais, j'irais toute nue, a dit Edwige en ôtant avec ma pince ce petit poil qu'elle a dans l'œil, au delta de la paupière. Là-dessus elle a enfilé une robe et des sandales, seulement une robe et des sandales je veux dire pas de culotte, je la regardais, je ne pensais rien, j'avais le vertige. Edwige, j'ai dit, on voit des trucs. Apprends banane, a rétorqué Edwige, que c'est exactement ce que je veux. Je me suis inquiétée : tu ne vas pas prendre le métro dans cette tenue ? C'est ça, je vais me gêner, a dit Edwige, elle a mis le manuscrit sous son bras et elle a claqué la porte.

Elle marchait vivement. Le soleil tombait sur elle en pluie, il ruisselait sur les trottoirs, l'air était plein de clairs parfums d'eau et elle secouait les cheveux, chaque passant qui la croisait se retournait sur elle, elle était beaucoup trop belle pour le monde, elle éblouissait la rue.

Edwige est très grande, ce qui la contraint à baisser ses yeux pâles quand elle s'adresse à nous, qui ne sommes pas Michael Jordan ni Shaq O'Neil. Bonjour, dit-elle (elle possède une grosse voix rauque), comment allez-vous, personne ne répond, la question reste suspendue dans le silence stellaire. Il est très difficile – surtout au début – de lui répondre, tant l'intellect est

accaparé par l'étonnante disharmonie de son agence-
ment physique.

Edwige est dotée, en haut, de larges épaules maigres,
et, plus bas, d'un large bassin plat. Le moindre de ses
gestes désaccorde le haut et le bas qu'il berce d'un lent
mouvement aléatoire.

Ce qui est très joli, chez Edwige, n'est (évidemment) ni la taille ni l'épaisseur de sa charpente, mais
plutôt tout ce qui vient la mettre en péril, sa taille trop
étroite et qui annonce des brisures, son cou excessif,
ses seins poignants, ses pieds géants. Tout en elle
invite à l'oscillation, à la chute, à l'effondrement.

À la déchirure. On voit par transparence, à travers
sa peau si légère, le dessin des veines où coule un
sang bleu clair et que contrarient, comme un semis de
pervenches, des taches de rousseur, le plus souvent
imperceptibles. Dans le cou d'Edwige pendouillent
des mèches de cheveux blonds, minces et raides et
dont personne ne peut authentifier l'origine, il paraît
que ses parents étaient très bruns mais maintenant ils
sont morts. Moi, grande aussi et passablement jolie
pourtant, je ne suis, à côté d'elle, que la suivante et la
servante, son amie quoi, l'amie d'Edwige, son âme.

Il a souri elle était fraîche, il a pris son téléphone son
manuscrit un rendez-vous, et elle m'a dit au bout du
compte allons-y ensemble, il faut que tu me surveilles
et que tu me protèges, tu es mon double et ma moitié.
Merci bien, j'ai maugréé, je suis ton ombre si tu crois
que c'est rigolo. Ma chérie, a fait Edwige, elle rayon-
nait, cesse donc de ronchonner, je mourrais si on
m'arrachait de toi, c'est au bar du Bristol.

— Non, a dit le type, c'est non. Croyez bien que j'en

suis désolé mais nous ne consentons aucune avance à aucune première œuvre, enfin aux journalistes célèbres aux animateurs de télévision aux ministres en exercice aux footballeurs nous avançons trois francs six sous, mais aux jeunes filles qui débutent, aussi jolies soient-elles et aussi prometteuses, pas question pas un sou, le livre est un commerce délicat, les risques sont nombreux.

Quand je repense à cette scène je me dis qu'il était bien arrogant pour un type appelé à voyager plié en quatre dans le coffre d'une Volvo. Mais personne parmi nous ne peut mettre sa vie en harmonie avec sa fin prochaine, sans doute est-ce un bien, la Providence agit à dessein, encore qu'une conscience un peu plus aiguë de notre destination à tous nous ferait meilleurs entre-temps, c'est une chose que je me dis souvent car je suis morbide.

– Hummm, a fait Edwige, alors comme ça vous n'avez rien à me proposer ?

Le type a ri, il a secoué son petit cigare au-dessus du cendrier, il portait une chevalière mais pas d'alliance, il avait des yeux amusés, des petits yeux pleins d'étincelles et de désirs précis. Il cultivait un vague air de ressemblance avec un œuf couvé que j'avais croisé quelques semaines plus tôt dans une cantine vietnamienne du vingtième arrondissement. Quelque chose de parfaitement rond et de profondément spongieux, plus des poils au sommet de la coquille. Coque lisse, surface impénétrable, mais remué d'immenses mouvements intérieurs. Ce type était à l'image de la vie, tout en lui germait férocement sous l'écorce, ce qui me faisait peur, car morbide je suis aussi extrêmement sensible.

– Voyons, quel âge avez-vous ?

– Vingt-trois ans, a dit Edwige qui en avait vingt-sept et demi.

– Voulez-vous que je vous trouve un stage dans la maison ?

– Combien ? a fait Edwige.

– Six mois, a dit le type.

– Non, je veux dire payé combien ?

– C'est-à-dire que je ne pense pas que les stages soient payés, il s'agit d'une formation et les demandes sont nombreuses, une lourde charge pour le personnel en place mais un investissement pour vous, vous aurez un pied dans le marigot, travailler pour l'art et les artistes ce n'est pas donné à tout le monde.

– Oh moi, a dit Edwige, l'art je m'en fous, mais dans la vie je ne fais rien sans rien, c'est mon truc.

– Mon Dieu je veux bien le croire, a fait le type et il est devenu tout rouge des oreilles, à votre place je ferais de même.

– Alors, a dit Edwige, fermons la parenthèse, vous avez lu ce que j'ai écrit ?

– Justement, a-t-il dit en redressant le col parfait de sa chemise parfaite, parlons-en.

À ce moment-là je me suis levée. Pardon de m'excuser, mais je vais faire un tour, pisser peut-être. J'ai repoussé mon fauteuil, j'ai contourné la petite table ronde et je me suis dirigée lentement vers la sortie du bar, lui n'a même pas levé les yeux.

Toilettes des bars de grands hôtels, merveilleuses toilettes aux éclairages tamisés, aux lavabos grands comme des baignoires, aux carrelages étincelants, aux savons parfumés. Bars des grands hôtels, aimables garçons en costume, fauteuils profonds, recoins discrets, plateaux d'argent, cafés à cinq euros, jus de tomates à sept, gin tonic à douze, noix de cajou, olives huileuses.

Edwige n'avait pas encore gagné un sou que j'engrangeais déjà les premiers bénéfices. Ce type par exemple allait tout à l'heure poser sa carte de crédit sur la table et régler l'addition, c'était la règle, la règle de la politesse chez les gens riches, quand ils vous donnent rendez-vous, ils paient. Ils ne regardent même pas la note, ils ne disent pas : putain, trois cents balles, l'important n'est pas tellement de courir vite, c'est de filer pendant que le garçon ne me regarde pas. Non, ils tapent leur code, ils fourrent l'addition dans leur poche, ils disent : j'adore cet endroit, vraiment délicieux n'est-ce pas, on y est tranquille pour bavarder, le Flore est tellement bruyant, impossible d'être tranquille cinq minutes, non ? Franchement ?

Franchement j'avais bu deux jus de tomates et englouti les chips offertes par la maison et je me disais qu'Edwige avait raison : voler des rillettes n'est pas une solution. Il y a tellement mieux à espérer du monde.

– Me sauter, tiens donc.

Edwige avait un peu de mal à marcher dans ses sandales, la plante de ses pieds nus glissait sur les semelles de plastique.

– Voilà ce qu'il veut. À part ça de mon livre il ne pense rien, il ne l'a pas lu.

– T'en es sûre ?

– Certaine, il ment comme je respire.

– Mais alors ?

– Alors, il aura ce qu'il veut. Mais pas tout de suite. Et pas pour rien. L'argent d'abord. Il faudra bien qu'il lise.

Il y eut le bar du Ritz, puis celui du Crillon. Il y eut quelques restaurants douillets et même une soirée où elle lui fit l'honneur de l'accompagner, affrontant seule les regards de mépris et les frôlements, lui laissant toute la joie vaine de se pavaner, lui l'adoré, ovoïde et à demi mort, elle serrée à son côté inaccessible comme une cascade, souriante, idiote, haineuse.

Elle effleurait sa joue d'un baiser, elle se sauvait dans la nuit, au revoir, tu m'appelles. Elle se douchait longtemps, elle pestait seule sous sa douche, qu'est-ce qu'il attend pour me lire et me filer mon chèque, qu'est-ce qu'il attend ce vieux, il croit quand même pas m'avoir pour rien.

– Tu peux râler, t'adores ça.

Edwige a bondi, elle était furieuse, elle pensait à m'ébouillanter avec son Nescafé, je le savais, je me suis levée de table.

– T'adores ça, les bars, les restos, les gens chics et soigneusement vêtus, tu devrais dire oui pour le stage, dire oui pour n'importe quoi, oui et merci monsieur, attendez que j'ouvre les jambes prenez la peine d'entrer, tout le plaisir est pour moi si si je vous assure.

Edwige s'est levée à son tour, elle était toute blanche, qui n'aimerait pas ça, tu peux me le dire, tu n'as même pas idée de ce dont tu parles, tu ne sais même pas à quel point c'est amusant d'être riche, amusant et facile.

Je lui ai dit doucement, je voulais la calmer : je ne te reproche rien, je voulais seulement te faire remarquer qu'il suffirait de dire oui une bonne fois et d'en profiter un moment, après tu en trouverais un autre les hommes ça ne manque pas, ils te feraient la belle vie, jusqu'à celui qui te donnerait son nom, un boulot et une pension alimentaire et après voilà, tu serais toute casée.

– Non, a dit Edwige, c'est bon pour les putes de se laisser enrubanner par des calculs minables. Je me fous de la charité des gens, je me fous de leurs miettes. Je veux ma place à moi, ma place en or, et je la négocie.

Si Dieu m'avait faite Edwige, si j'avais eu la moitié de sa classe et le dixième de sa volonté, les choses se seraient passées bien différemment. J'aurais, et avec quel plaisir, consenti d'emblée à ce que le monde honore en moi la jeunesse et le charme. Je n'aurais pas demandé de reste, je me serais bien moquée de la gloire et de l'intégrité. J'aurais profité, avec quel appétit, et j'aurais payé de mon corps divin, à l'occasion et vaillamment. Mais Dieu dans sa sottise m'a faite à mon image, suffisante et raisonneuse, m'arrangeant du monde et curieuse des rêves d'autrui. C'est à l'autre qu'il a donné sa Grâce.

Dans le fond, Edwige me ressemblait beaucoup, même si parfois je la comprenais mal et son mince mystère avivait l'admiration débilitante que j'avais pour elle. Ce qui m'étonnait ainsi, et grandement, était la fureur inattendue qui la prenait désormais lorsqu'elle se mettait en tête d'écrire.

J'étais sollicitée à longueur de journée pour lui trouver des synonymes. Je ne m'en plaignais pas même si elle avait pris un temps l'habitude déplaisante de m'appeler au boulot, dis-moi qu'est-ce que tu penses d'émouvantes turgescences roses et humides ? J'étais sévère, je vois même pas de quoi tu parles, répondais-je. Je cherche des mots pour des nibards, expliquait Edwige, alors ça ne va pas, disais-je et je lui parlais de mots, de phrases, de bites et de tétines et de tout ce qui sort et se dresse de manière plus ou moins végétale sur les corps des vivants à l'heure de la reproduction. Toujours des gens passaient tandis que je parlais à haute voix, ça ne coupait pas, et au bout du compte tout le monde me regardait de travers, quelle malade quelle obsédée cette fille je n'aurais pas cru, tu ne devineras jamais les saletés qu'elle sortait dans son bureau.

Ce fut une époque heureuse, j'aimais être invitée à conduire les recherches lexicales d'Edwige, il est très flatteur d'accompagner les artistes dans leur travail de création.

Elle ne restait jamais très longtemps enfermée dans ma chambre. Elle y restait même de moins en moins. Mon petit cœur, elle hurlait, elle ouvrait la porte en grand et déboulait comme une possédée, des vaisseaux rouges arrimés dans les yeux, les cheveux chiffonnés, mon petit cœur, regarde ça, cette fois je crois que c'est assez réussi, et même franchement pas mal, allez s'il te plaît ce n'est pas très long jette juste un petit coup d'œil. J'avais déjà déplié le canapé, je somnolais à demi, Edwige ne remarquait rien. Elle s'asseyait à côté de moi, elle me collait son cahier sous le nez. Je n'avais plus qu'à m'y plonger. Je commence où ? À *Toi ma petite salope,* deuxième paragraphe, celui qui est écrit au Bic noir. Je commençais à lire, elle regardait par-dessus mon épaule, elle se frottait les mains, elle étouffait des gloussements, c'était horripilant.

À peine avais-je levé les yeux qu'elle bondissait sur la couette et venait se coller face à moi : Allez, qu'est-ce que t'en penses, sincèrement ? C'est bien, approuvais-je, c'est rigolo. Tu ne trouves pas ça dégueulasse ? Je me ravisais, si assez dégueulasse. Elle se reprenait, mais mal écrit, c'est ça, dis-moi la vérité : tu trouves que j'écris mal. Pas du tout, c'est très bien écrit. Rigolo, dégueulasse et bien écrit, si tu me laissais dormir maintenant ?

Elle sautillait un peu sur le canapé puis elle finissait par se lever. Elle m'oubliait. Elle regagnait ma chambre, toute maigre dans son grand pull, passant et repassant la main dans ses cheveux sales. Merci, disait-elle distraitement, elle ne se retournait pas, elle claquait la porte, elle me foutait la trouille à la fin, toute cette excitation, je trouvais ça malsain, toute cette excitation pour des mots sur du papier, toute cette excitation pour du vent.

Je n'ai jamais accordé aucun crédit à Michael. Personne au monde d'ailleurs ne lui aurait jamais accordé quoi que ce soit. Ce type était un brigand et il avait l'insolence de ne pas le cacher, j'ajoute qu'il ne s'appelait sans doute pas Michael, Kevin peut-être je ne suis pas tombée de la dernière pluie. Michael donc, Edwige l'a ramené un soir à la maison. On s'est rencontrés dans un bar, a-t-elle dit laconiquement et il a ricané, ce qui n'annonçait rien de particulier, il ricanait tout le temps.

Le lendemain, dans la cuisine, j'ai dit : Edwige, tu es gentille mais à compter de maintenant vous baiserez pendant la journée, vous avez l'appartement pour vous tout seuls, je n'ai pas pu fermer l'œil de la nuit, jamais entendu un pareil raffut, je bosse moi.

J'ai dû parler un peu fort parce que j'ai réveillé Michael et qu'il est sorti de ma chambre. Sobrement emballé dans une écharpe, les cheveux décollés par la nuit, les yeux ratatinés, il avait l'air d'avoir quinze ans, l'air d'un mioche, l'air d'un poussin, mon Petit Poussin Chéri, viens voir ici comme je t'adore.

Petit Poussin Chéri travaillait dans les boîtes et parfois dans les restaurants, où il officiait comme intermédiaire pour une clientèle avertie. Imagine, a dit Edwige, que tu cherches à acheter une sorte de drogue, tu vas au bar et tu lui dis une phrase, les sanglots longs des violons de l'automne, comme un code de Carte Bleue si tu veux. Ensuite il te demande ce que tu cherches, il te propose un prix et il te présente le vendeur. Il observe la vente, il veille au grain et tout le monde se sépare bons amis.

– C'est fou tous ces nouveaux métiers qui existent maintenant, ai-je remarqué avec philosophie. Et tu trouves ça malin de te coller avec un dealer ?

– Mais enfin, a fait Edwige, puisque je viens de t'expliquer qu'il ne vend rien, il prend juste une commission, c'est du service. Sans compter que ce n'est pas comme Maurice, je l'aime, tu devrais me féliciter, c'est un peu comme un mariage, d'aimer.

– Bon, ai-je dit. Est-ce qu'il a de l'argent ? Au moins ça résoudra le problème, tu peux arrêter d'écrire.

– Mais enfin, a crié Edwige, es-tu bête ? N'as-tu ni âme ni esprit ? Puisque je viens de te dire que je l'aime ! C'est moi qui vais lui en trouver de l'argent, avec mon écriture, comme ça il pourra arrêter de faire le service, nous serons respectés et nous serons heureux.

– Et moi là-dedans ? ai-je gémi, qui venais de me faire doubler par un voyou né d'hier.

– Je paierai pour vous deux, a fait Edwige magnanime, car toi aussi je t'aime.

Tant d'amour m'a cramé les yeux, tant d'amour m'a calcinée. Edwige, ai-je dit, Edwige comment vivre sans toi ?

Michael sortait Edwige un soir sur deux, il l'emmenait dîner avant que la nuit commence. Elle revenait joyeuse et, sur le coup de minuit, se mettait au travail. Lui la rejoignait au petit matin, fidèle. Il traversait le salon sur la pointe des pieds et se glissait sous les draps. Disons qu'ils s'aimaient d'amour vrai, ce bel amour en torche des jeunes gens qui brûle vite éclaire fort, et sert de phare à l'occasion.

J'aurais pu être jalouse, mais non, l'amour est émollient je me suis laissé attendrir. Et puis Maurice était revenu, rempli de belles dispositions, tel un papillon esseulé qu'attirent de loin les phérormones. Il avait sonné, je lui avais ouvert. Dans mes bras Maurice, avais-je lancé et je m'étais collée à lui serrée serrée si bien qu'il avait été obligé de m'embrasser, le reste avait naturellement suivi. Cher Maurice, j'étais contente de le retrouver, lui si tendre, j'avais un peu oublié à quel point il était emmerdant, je disposais d'un peu de temps pour m'en ressouvenir.

Nous étions heureux, d'un réel bonheur domestique et le frigo était toujours plein. Je veillais toutefois à ce que les garçons alternent dans l'appartement. Je voulais bien qu'ils se croisent, je ne voulais pas qu'ils se gênent, comme le jour et la nuit les hommes sont si volontiers jaloux.

Plongée vivante dans un bain bouillant de sérénité, Edwige ramollit d'un coup. Elle cessa de me réveiller la nuit et je n'ai que de vagues idées sur la direction que prit son travail. Mais enfin, du peu que je sais, je peux déduire une chose. Les hommes ne lui faisaient aucun bien. Trop d'amour à la maison. Capoue. La troupe vautrée, l'ambition remisée, la défaite annoncée. Mon vaillant petit soldat sombra corps et biens dans la bonhomie sentimentale. Ce fut la déroute des bizarreries, la Berezina des élucubrations qui nous tenaient éveillées quelques semaines plus tôt. L'expérience adoucit, elle dissout les idées simples, il faudrait se méfier.

Nous eûmes bien une petite discussion lexicographique sur les trafics aléatoires de partenaires et les échanges de pipis sous la douche, toutes choses un peu banales et dont les livres sont pleins par ailleurs. Mais il ne s'agissait que d'anecdotes et non plus de l'unique argument, le sexe, cette discipline austère et répétitive, ce cilice de l'écriture.

Livrée à elle-même, Edwige ouvrit des brèches dans lesquelles le monde s'engouffra. Son travail se mit à enfler. Tout ce qui traînait dehors, elle le fourrait dedans. Les journaux du matin et les livres de la bibliothèque, les hoquets de Maurice et les ricanements de Michael, jusqu'à nos petits déjeuners, tout faisait usage. À force, elle se considéra d'un œil nouveau. Qu'Il me pardonne mais je crois qu'elle se prit pour Dieu. Le Livre, disait-elle à tout propos, Le Livre par-ci, Le Livre par-là, mais qu'est-ce qu'elle voulait à la fin, il n'était question jusque-là que de gagner de l'argent et le respect des gens. Qu'est-ce que Le Livre avait à voir avec ça?

C'est le type qui a rappelé. Edwige, elle, l'avait oublié. C'est lui qui a décroché son téléphone, je le jure, c'est lui qui voulait, personne n'est allé le chercher.

– Edwige, a-t-il dit en substance, il faut que je vous parle, nous ne pouvons pas en rester là, passez me voir avec votre manuscrit.

Elle y est allée l'imbécile, elle y est allée avec tout son sérieux, et Le Livre sous le bras, comment était-elle devenue si bête et pourquoi si brusquement, je ne vois que l'influence prédatrice du Livre pour l'expliquer. Il avait pris trop de place, il lui avait mangé le cerveau.

Elle est partie à midi moins le quart, on peut savoir pourquoi t'es maquillée comme une pute a demandé Michael fortuitement, elle a haussé les épaules. Je vais gagner ma vie, a-t-elle lancé, elle était déjà dans l'escalier, t'étais prévenu, si t'es pas content tu te casses, et laisse ta clé sur la table de nuit, salut.

Michael a fermé doucement la porte, songeur et silencieux, et puis il est resté. Il l'a attendue tout l'après-midi, il l'a attendue allongé sur le lit en fumant des cigarettes, il l'a attendue comme un dingue, elle n'a même pas téléphoné, elle est rentrée au bord du soir.

Elle avait des yeux transparents comme des calots, les larmes y dessinaient de larges hélices irisées. T'as qu'à t'asseoir et pleurer, j'ai proposé, de toute façon ton maquillage est parti, tu peux y aller franco.

– Et pourquoi je pleurerais ? a demandé Edwige. Je ne suis même pas vexée figure-toi. Si j'avais appris, alors là oui, sûrement, j'aurais une peine affreuse et je fondrais en larmes. Mais regarde-moi, je n'ai pas fait d'études, même l'étude la plus minable je ne l'ai pas suivie. Je suis restée à la porte, personne ne peut me reprocher de ne pas savoir le faire. Non personne ne peut me reprocher d'écrire de la merde. Même pas moi.

Je peux vous aider Edwige, le type avait refermé le manuscrit et le lui avait tendu par-dessus la table du bar. Ne me regardez pas méchamment, je sais que vous n'avez pas fait d'études ce qui m'est, sachez-le, parfaitement indifférent. Reprenons, si vous le voulez bien, tout à zéro. Acceptez-moi comme professeur, je vous apprendrai beaucoup. Nous nous verrons régulièrement, je vous conseillerai. Commençons dès ce soir, je vous emmène dîner. Je passerai vous chercher en début de soirée, ne dites pas non, vous n'êtes pas sotte, vous êtes ravissante, vous connaissez votre intérêt.

– Edwige, j'ai dit, je te rappelle que tu voulais une avance, juste une avance.

– Je vais l'avoir, a-t-elle remarqué calmement.

Une belle avance pour qu'on puisse travailler sereinement tous les deux, il me l'a promise, et aussi un petit studio pour y être tranquille, il me le prête.

Edwige a renversé la tête en arrière et elle s'est mise à rire, le plus drôle c'est toutes ces pages que nous avons écrites pour rien, tout ce travail pour des prunes quand j'y pense, quelle moquerie, un âne qui écrit, un âne qui veut être le roi du monde, rien n'est plus drôle, je meurs de rire...

Son rire avait grossi et maintenant elle criait, Michael avait ouvert la porte de la chambre et il l'écoutait sans mot dire, appuyé au chambranle, tandis qu'elle se balançait sur sa chaise en tapant sur ses cuisses, secouée de hoquets les larmes aux yeux. Brusquement, elle a cessé de rire et s'est tournée vers lui :

– Qu'est-ce que tu fais encore là mon chéri ? Tu devrais avoir bouclé ta valise, tu devrais être parti, il me semble que nous étions d'accord tout à l'heure ?

– Du calme, a grommelé Michael, je t'écoute et j'apprends. Je ne savais pas que tu voulais te vendre...

– Arrête, a hurlé Edwige, elle a posé ses paumes sur ses oreilles, arrête. Tu ne vois pas que j'essaie juste de m'en sortir ?

Michael n'a rien dit. Il a pris sa veste, il a pris la clé et il est sorti de l'appartement.

Ensuite Edwige a pleuré. Pourquoi tu pleures Edwige ? Parce que Michael est parti ? Parce que Le Livre n'existe pas ? Parce que tu es vaincue et que j'en suis témoin ? Edwige ne répondait pas. J'étais embarrassée, aussi je me suis enfermée dans ma chambre et je l'ai laissée seule. Plus tard on a sonné. Je suis allée ouvrir. C'était lui, le type, il portait un manteau de cachemire beige et une longue écharpe rouge qui faisait plusieurs fois le tour de son cou.

– Entrez, j'ai dit, prenez vos aises, vous êtes ici chez vous.

J'ai allumé la télé et il s'est assis à table sans ôter son manteau, l'air morgueux d'un type qui attend, l'air d'un type qui s'ennuie. Edwige s'est enfermée dans la salle de bains, on entendait des bruits d'eau par la porte vitrée, ils éclaboussaient le journal de vingt heures.

Le type observait ses ongles roses et ronds. J'ai eu peur qu'il s'impatiente quand la porte de l'appartement s'est ouverte et que Michael est entré.

– Allons bon, ai-je murmuré avec horreur, le voilà qui revient celui-là.

– Bonsoir tout le monde, a fait Michael en jetant son blouson sur le dossier d'une chaise. Bonsoir monsieur.

– Enchanté, a répondu le type qui semblait vraiment ravi de voir entrer en scène un nouveau protagoniste à l'élégance distrayante. Son frais polo orangé lui collait au torse, épousant le dessin des muscles, glissant sur le ventre dur jusqu'au pantalon qu'il portait bas sur les hanches et trop large pour sa taille. Mon Dieu que ce garçon avait les jambes longues et faites pour courir, et comme il était gracieux à se balancer d'un pied sur l'autre devant un homme qui aurait pu être son père (je parle d'âge et non d'allure car à moins d'avoir été abandonné dans une banlieue lointaine et puis déshérité, l'âpre Michael ne pouvait en aucun cas passer pour le fils de ce bourgeois alangui dans mon salon). Bref, le type avait l'air très content d'être entouré de tant de jeunesse et c'est avec un sourire favorable qu'il a accueilli la proposition de Michael.

– C'est l'heure de l'apéro, qu'est-ce que vous en dites monsieur ?

– Je dis oui volontiers, mon jeune ami, a répondu le type avec un sourire désarmant.

– C'est vous qui sortez Edwige ce soir ?

Michael a ouvert son sac à dos dont il a sorti deux boîtes dorées.

Elle en a de la chance.

Il a décapsulé la première boîte qu'il a vidée à demi dans un verre à moutarde.

– C'est une brave gamine, a-t-il dit sur le ton de la confidence. Prenez-en soin. Elle a eu une enfance difficile.

Le type a froncé le sourcil.

– Vous êtes de sa famille ?

– Son frère, a dit Michael et il a versé le reste de la canette dans un autre verre. Je suis son frère. Tenez, voici votre verre.

– Et peut-on savoir ce que vous m'avez servi ? a demandé le type avec une curiosité amusée.

Un soda énergétique. Peu sucré, stimulant et légèrement aphrodisiaque, oh je vous rassure, très légèrement aphrodisiaque. Je le conseille à tous mes amis, pour effacer les fatigues de la journée. Faites-moi confiance, vous devriez passer une excellente soirée.

– Acceptons-en l'augure, a fait le type et il a porté à ses lèvres le jus mousseux qu'il a bu doucement, jusqu'à la dernière goutte. Michael le regardait faire avec des yeux attendris, approuvant chaque gorgée d'un hochement de tête.

D'abord il a ouvert les yeux, des yeux énormes comme s'il revenait à la lumière après avoir passé des heures enfermé dans une pièce obscure. J'ai chaud, a-t-il dit, je crois que je ne me sens pas bien. Ne vous inquiétez pas, a fait Michael, ça ne va pas durer, c'est toujours comme ça au début. Le type s'est levé, je vais ôter mon manteau, a-t-il insisté, non mon écharpe d'abord, ou plutôt mon manteau je ne sais pas, j'ai la nausée, je crois que je vais vomir. Calmez-vous, a dit Michael, je vais vous aider à enlever votre manteau. Mais le type ne voulait pas le laisser s'approcher, ne me touchez pas, criait-il, ne me touchez pas, je n'aime pas vos façons. Michael lui a mis une gifle, arrêtez de hurler, ça ne sert à rien, allongez-vous par terre si vous ne tenez plus debout. Non, a dit le type, je m'en vais, laissez-moi partir. Pas encore gros porc, a dit Michael, tu restes ici sagement, tu partiras quand on te dira de partir. Pousse-toi de là connard, a dit le type et il a titubé. Michael a été obligé de lui mettre une autre claque qui l'a fait tomber par terre. J'ai peur, a dit le type, vous êtes un salaud, et il s'est mis à pleurer. Ben tiens, j'aurais pas cru qu'il avait des larmes, a dit Michael. Là-dessus le type a fermé les yeux et il est tombé à la renverse sur la moquette, immobile les bras en croix, son visage s'est affaissé, il a eu l'air vieux soudain, très vieux, ses lèvres se sont réduites, trop fines elles ont glissé sur ses gencives, ses yeux se sont enfoncés sous les paupières et il a eu l'air tout à fait mort. Ça alors, a fait Michael, je n'avais pas prévu.

– T'as vu dans quel état t'as mis mon studio ? a dit Edwige en contemplant le corps allongé. Elle était joliment habillée et maquillée avec ça, dommage que le type n'ait pas pu la voir, il aurait été content.

Mon studio et mon compte en banque, espèce de malade mental, qu'est-ce que tu lui as donné pour l'estourbir à ce point ?

– Un truc pour les vaches, a reconnu piteusement Michael, un anesthésiant, je l'ai glissé dans le drink. Normalement la personne ne devrait pas tomber comme ça, d'habitude ils sautent partout une fois qu'ils sont chargés. Ce sera sans doute qu'il est trop vieux, le cerveau était déjà abîmé, il n'a pas supporté la dose, il a fondu. Vraiment j'ai pas de chance.

– Pourquoi, pauvre taré, pourquoi t'as fait ça ?

– Pour te défendre, Edwige, et pour te protéger. Je voulais qu'il t'oublie. Je voulais aussi lui voler sa bagnole et son fric. Je voulais lui mettre quelques tartes. Je voulais l'emmener faire un tour dans la campagne et l'abandonner sur un sentier pourri. Je voulais lui donner une bonne leçon, j'ai eu tout l'après-midi pour y penser. Et lui tout ce qu'il trouve à faire, c'est tourner de l'œil, il nous aura vraiment fait chier jusqu'au bout.

– Mais qui t'avait demandé, hurlait Edwige, qui ?

– Toi ma chérie, a soufflé Michael, c'est toi qui voulais souviens-toi, mais déjà elle ne l'entendait plus. Elle s'était penchée sur le corps, elle murmurait, Michael, écoute-moi Michael, tu crois pas qu'il est mort ? Il n'a plus tellement l'air de respirer.

– J'ai rien fait, a protesté Michael, je lui ai juste mis une claque.

– Je ne te parle pas de la claque, imbécile, je te parle de la dope.

– Quoi la dope ? J'ai jamais vu personne mourir…

Edwige avait posé la main sur la cage thoracique du type.

– Je sens rien, a-t-elle dit. Le cœur a dû lâcher.

– Attends voir, a fait Michael.

Ouvrir la chemise, poser l'oreille sur la poitrine, s'accroupir sur le corps, appuyer de toutes ses forces, gifler le visage violemment, ouvrir la bouche avec les doigts, enfoncer les doigts dans la bouche, dégager la langue, souffler dans la bouche, appuyer sur le torse, souffler encore, appuyer, souffler, gifler à tout hasard…

Michael s'est redressé, il s'est essuyé la bouche du revers de la main.

– Putain, a-t-il fait, je suis mort. Il est cuit.

– Salut les gars, a alors lancé Maurice qui venait d'entrer en traînant au bout du bras un gros sac du Franprix, à quoi vous jouez ?

– Déconne pas Maurice. Edwige était horrifiée. Tu ne vas pas nous balancer, n'est-ce pas ? Nous sommes tes amis, j'ai même couché avec toi, rappelle-toi. Maintenant je couche aussi avec Michael, ce qui fait qu'on est comme les doigts de la main, le pouce ne dénonce pas l'index. Arrête Maurice, sois raisonnable tu ne peux pas nous faire ça.

Maurice a décroché le téléphone.

– Si je peux, a-t-il dit. La loi m'oblige à appeler la police et je vais le faire tout de suite.

– Quelle loi ? a demandé Michael, à califourchon sur le type mort.

– La loi, a répondu Maurice, assez sèchement.

T'as qu'à changer de loi. Prends la mienne. Ma loi te conseille de fermer ta gueule et de rentrer chez toi gentiment. Tu n'as rien vu Maurice, tu n'es pas venu ici ce soir.

– Rien à faire, a dit Maurice et il a tapé le 17.

Occupé, a-t-il constaté.

– Obéis Maurice, a fait Edwige. La loi, sa loi, quelle importance…

Maurice a soupiré et il a retapé le 17.

– Je suis à bout d'arguments, a déclaré Edwige.

Elle est allée à la cuisine et quand elle est revenue elle portait à bout de bras un énorme cendrier de pierre. Maurice ne la regardait pas, il regardait son téléphone et c'est tant mieux parce qu'il n'a rien vu venir, le cendrier est venu s'abattre sur l'arrière de son crâne. Il y a eu un bruit désagréable de brisure, une glaire rose a coulé de sa narine droite et Maurice s'est effondré en désordre au pied du téléphone. Il avait les yeux grands ouverts.

– Ce coup-ci, a remarqué Michael, pas de doute, il est super-mort.

– Oh merde, a gémi Edwige, je voulais seulement l'assommer…

– Tu vois, Michael triomphait, ce n'est pas si facile de les garder vivants !

Tu peux raccrocher le téléphone, ai-je fait. De toute façon, il sonne tout le temps occupé.

Comme Maurice avait fait les courses, j'ai mis la table et on a dîné. Oh le cœur n'y était pas vraiment, mais enfin nous étions à bout de nerfs et le plus raisonnable était certainement de manger un petit quelque chose pour nous calmer.

– Pauvre Maurice, j'ai dit, il pensait vraiment à tout, regarde il avait même acheté de la moutarde pour assaisonner le poulet fumé.

– Parle plus bas, a soufflé Edwige, si ça tombe il est toujours là. Il paraît que les morts restent un moment à tourner dans le décor avant de mettre les voiles pour ailleurs.

– Qu'est-ce que c'est que ces conneries, a grommelé Michael, passe-moi les chips.

– Je l'ai lu dans le journal, a répondu Edwige. C'est la vie après la mort, tout le monde est au courant. Même toi si tu savais lire tu pourrais être au courant.

Michael a secoué la tête.

– Passe-moi les chips, je te dis.

Ensuite j'ai mis l'eau à bouillir pour le café.

– Qu'est-ce qu'on en fait maintenant de tes deux zigues ? a demandé Michael. Vaudrait mieux pas attendre trop longtemps. À force de laisser traîner, on finit par avoir des ennuis.

C'est alors que le souvenir m'est revenu, le beau souvenir lumineux d'une carrière aux frontières de laquelle nous allions jouer quand nous étions enfants, une grande carrière de pierre grise, un cirque bordé de falaises abruptes, et dont les pans truffés de dynamite explosaient quotidiennement, des tonnes et des tonnes de gravats broyés chutaient au sol, une poussière blanche et crayeuse montait un instant dans l'air que traversaient les camions à benne. Personne ne pourra les reconnaître une fois qu'ils auront explosé dans la pierraille, à se demander même si quelqu'un verra qu'ils étaient des hommes, ces lambeaux sanglants, on les confondra avec des animaux, des chiens errants, des biches peut-être, ils ne seront plus que des caillots sur de la roche, du brun sur du blanc, des traces. Et nous en serons débarrassés, c'est bien ce que nous cherchons n'est-ce pas, nous en débarrasser ?

– Tout à fait, a dit Edwige. Michael, regarde dans les poches du type, il a dû y laisser les clés de sa bagnole. On t'aide à descendre le barda et on prend la route.

J'ai garé la voiture en bas de la maison, j'ai coupé le moteur et j'ai ouvert le coffre. Il était deux heures du matin, l'univers dormait profondément, les hommes les oiseaux et les rats, les étoiles elles-mêmes s'étaient cachées, la nuit était tranquille et froide comme une morgue. Michael les a descendus, l'un après l'autre, sur son dos. Un noctambule de passage aurait pu le prendre pour un gars bienveillant qui soutient son ami ivre mort. Mais personne n'était de passage, nous étions seuls comme à la fin du monde, grâce à Dieu, nous étions des criminels impénitents.

On a beau dire, il n'est pas si facile de ranger deux cadavres dans le coffre d'une Volvo. J'ai fini par abaisser l'un des sièges arrière pour les y fourrer tous les deux. Ils étaient attendrissants, ces corps emmêlés qui s'épousaient dans la mouise, nichés l'un contre l'autre, sauf que Maurice avait pris une drôle de tête, grimaçante et souillée, de morves sanglantes et de caillots séchés, la mort lui allait mal. Le visage de l'autre n'avait pas bougé, ses orbites caverneuses lui donnaient un air sévère, il en était presque effrayant, j'étais mal à l'aise à la fin, j'ai détourné la tête.

– Passe-moi les clés, a dit Edwige, je conduis, et nous sommes montés en voiture.

Elle a démarré très doucement, la Volvo ronronnait à peine, nous glissions dans le silence, nous et nos morts tranquilles à l'arrière comme des enfants qui roupillent.

– Tu sais où tu vas ? a demandé Michael au bout d'un moment. Ce n'est pas du tout la route.

– Je passe par la banlieue, a répondu Edwige, je vais rejoindre la nationale. Prendre l'autoroute, s'arrêter au péage, c'est un risque idiot. Laisse-moi faire, j'ai un itinéraire.

– Tiens, a dit Edwige un peu plus loin, nous traversions Gennevilliers, nous passions sur un pont, la conduite est bizarre, je me demande si je n'ai pas un problème de pneu, tu ne veux pas descendre jeter un coup d'œil ?

Elle a freiné au milieu des entrepôts, Michael est sorti de la voiture, la voie était déserte. Il a tourné autour de la voiture, il cherchait, le nez au sol, il grognait : mais qu'est-ce que tu racontes, je ne vois rien, quand Edwige a enclenché la marche arrière. La Volvo a bondi.

Michael s'est redressé. Il s'est mis à faire de grands moulinets avec ses bras. Il criait : qu'est-ce que tu fabriques, Edwige, mais qu'est-ce que tu fous, putain attends-moi ! Quand il a eu bien crié, il s'est tu, il s'est avancé vers la voiture et c'est là qu'Edwige est repassée en marche avant. J'ai vu son visage changer, j'ai vu l'intelligence poindre et s'épanouir sur ses traits, puis la terreur. Il venait de comprendre qu'Edwige ne l'aimait plus, plus du tout, et qu'elle entendait désormais s'en sortir toute seule, compter sur ses propres forces et se passer de lui. Alors il a tourné le dos, il s'est mis à courir vers la rambarde, malheureusement tout cela venait un peu tard. La voiture l'a heurté de plein fouet. Brisé par le pare-chocs le corps est venu rebondir contre le capot avant, il a glissé au sol et je ne l'ai pas vu remonter. C'est bon, a dit Edwige, il ne bouge plus. Alors seulement elle a freiné.

Michael était tout mou quand il a plongé dans la Seine. Il ne sait pas nager, a constaté Edwige, ce qui ne lui laissait à mon avis que peu de chances de s'en sortir correctement.

– Tu vois c'est bête, remarquait Edwige, on ne fait pas ce qu'on veut dans la vie, on a beau essayer de planifier, rien ne s'arrange comme on le prévoyait. Même quand on fait des efforts d'adaptation, ça ne marche pas. Moi, par exemple, j'ai d'abord voulu être libre et gagner honnêtement ma vie, ensuite j'ai voulu devenir riche et respectée, ensuite j'ai voulu aimer un homme sincère, ensuite j'ai voulu écrire un livre, ensuite j'ai accepté de faire pute, et pour finir je me retrouve à conduire un corbillard. Accomplir tant d'efforts et finir si mal récompensée, tu trouves que c'est juste toi ?

Je ne voulais pas qu'elle remue des idées noires toute la nuit alors j'ai allumé la radio, j'ai cherché une station. La voiture trouait la nuit, souvent le visage d'Edwige s'estompait dans la pénombre, elle semblait fondre dans de l'encre mais je l'entendais encore qui murmurait, sans cesse, à mon côté, et elle me rassurait.

Le plus difficile a été de trouver un passage dans les barbelés. Fatiguées comme nous l'étions, il n'était pas question de traîner les deux corps sur des kilomètres. Il fallait faire passer la Volvo. Edwige a fini par forcer une brèche avec le pare-chocs, nous avons roulé au pas dans la broussaille et nous nous sommes arrêtées à une dizaine de mètres du bord escarpé de la falaise.

Je n'aime pas beaucoup l'aube, on dirait que le ciel est malade. Trop de filaments blêmes, trop de lueurs malsaines, et tous ces bruits qui commencent, ces bruits d'herbe et d'oiseaux qui viennent gâcher le beau silence obscur. Oh, ai-je dit, vivement qu'on foute le camp d'ici je ne me sens pas dans mon assiette. Au boulot alors, a fait Edwige, elle s'est étirée et elle a déverrouillé les portes de la voiture.

Maurice était très grand, nous avons eu un mal de

chien à le traîner. Nous le tirions par les jambes, sacré Maurice, comme un panier trop lourd, ses bras traînaient derrière lui, sa tête heurtait le chemin, il me faisait de la peine. Là, a dit Edwige, regarde, une petite faille, fais-le basculer tout doucement, voilà, comme ça, regarde comme il est mignon tout resserré dans son petit lit de pierre. Arrête de faire des grimaces Maurice, si le vent tourne tu vas rester comme ça. J'ai rigolé, mais pas longtemps, parfois Edwige exagère, elle va trop loin.

Quand Maurice a été bien installé dans son sarcophage, nous l'avons recouvert de cailloux, de mottes de terre et de branchages, il était tout à fait protégé, imperceptible dans son petit charnier privatif.

Edwige a contemplé la tombe avec nostalgie, un bon moment, les bras le long du corps, on aurait dit qu'elle priait. On est peu de chose, a-t-elle dit enfin, la Nature est plus grande que nous.

– Tu es sûre qu'ils dynamitent tous les jours ? a-t-elle ajouté. J'aimerais autant que les chiens et les flics ne profanent pas les lieux.

– Ne te bile pas, ai-je murmuré, ça pète tout le temps.

Et puis nous sommes allées chercher l'autre.

– Où est-ce qu'on va le flanquer ce pépère, ronchonnait Edwige en marchant dans la caillasse, en plus il est gros comme tout, je te dis qu'on va avoir du mal à trouver chaussure à son pied.

Les apôtres. Les apôtres et les femmes, quand ils sont venus au tombeau et que la pierre était poussée, quand ils sont entrés dans le caveau désert, quand ils ont su de leurs yeux que le Crucifié avait filé, qui se souvient des apôtres et des femmes ? Moi. Nous sommes arrivées à la voiture, le voile fragile de la nuit était maintenant tout déchiré au-dessus de nos têtes, le jour livide descendait par ses plaies jusqu'à nous, les portes arrière étaient battantes, le cadavre n'y était plus.

– Nom de Dieu, a soufflé Edwige.

– Bien dit, ai-je gémi. On n'est pas dans la merde.

Nous avons tourné autour de la voiture, nous avons regardé sous le plancher mais le type n'avait pas glissé, il avait disparu. Edwige a hurlé :

– Quel est le dingue ici qui vole les morts ?

Personne ne lui a répondu, personne que le silence froid du matin, même l'écho s'en foutait.

– Qui ? répétait Edwige en tournant sur elle-même. Qui ?

– T'énerve pas Edwige, lui ai-je glissé à voix basse, le voilà.

Il avançait vers nous, à petits pas dans le caillou, il marchait avec précaution, en regardant où il mettait les pieds, comme s'il voulait épargner ses souliers. Son manteau froissé portait au poitrail les traces brunes du sang de Maurice, à l'entrejambe une grande tache sombre maculait son pantalon. Il a relevé la tête, il a souri et il nous a adressé de grands signes, il semblait nous appeler de très loin.

Les apôtres donc, comment se fait-il qu'aucun d'entre eux ne soit devenu fou foudroyé par sa peur, à ce que raconte l'histoire, quand ils l'ont retrouvé, sur la montagne, avaient-ils le cœur si bien accroché, ces péquenots juste sortis de leurs barques ? J'ai senti pour ma part un léger décrochage, à l'intérieur de ma cage thoracique, à gauche, oh presque rien, l'amorce d'un très grave et très douloureux arrêt cardiaque.

– Nom de Dieu, ai-je dit à mon tour, il est vivant, et en plus il s'est pissé dessus.

Il est venu tout près, il a tendu les bras. Je regardais ses yeux, petits et tout pleins de son sang, mais je ne voyais que sa langue qui passait et repassait sur ses lèvres blanchies.

– Edwige, a-t-il dit, ma chatte, j'ai attendu si longtemps, j'ai eu si froid, réchauffe-moi ma chérie, maintenant, viens près de moi, plus près, encore.

Je ne savais pas s'il était mort ou vivant, j'avais peur, je criais : Edwige ? Edwige ?

Mais elle était partie. Elle avait tourné le dos. Elle s'était évanouie. Elle était la brume à nos pieds et la rosée, elle était les cailloux du chemin et les trouées dans le ciel. Sa voix s'était tue et j'étais seule dans le silence, abandonnée comme au matin du monde.

Le type a avancé la main, une araignée noire s'est posée sur mon bras et je n'ai plus bougé.

– Edwige, a-t-il dit avec cette drôle de voix fixe qu'il avait maintenant, c'est une soirée ratée. Prends ton manteau, je te ramène à la maison, je ne veux plus te laisser seule.

Il déconnait à pleins tubes.

– Je ne suis pas seule, ai-je murmuré. Je ne suis jamais seule. Et enlève cette araignée de ma manche.

– Quelle araignée ? a fait le type.

Il a ôté sa main de mon épaule et j'ai couru vers la Volvo.

Je courais, je pleurais et je pensais que j'allais mourir quand j'ai senti quelqu'un qui respirait dans mon oreille. Je ne la voyais pas encore mais je la devinais.

– Edwige ?

– Je suis revenue, a-t-elle soufflé, pas de panique. Le mec est vitrifié, tous les plombs ont pété. C'est comme s'il était déjà mort. Passe-moi les clés monte en voiture. On le finit.

– Oh Edwige j'ai eu si peur de te perdre.

Je n'ai rien dit de plus, j'ai laissé son sang chaud couler en moi et j'ai claqué sur nous la porte de la voiture.

Trouble fête

1

Ne pas bouger trop vite, surtout. Repousser la couette d'un seul geste, lent, continu, presque imperceptible. Rouler très doucement sur le côté et se laisser glisser au sol. Peser le moins possible au moment de l'atterrissage, maudire en silence le plancher râpeux, se mettre à quatre pattes sans faire couiner les lattes. Vider les lieux. Sortir de là.

J'aimerais que l'éléphant qui a posé sa patte avant gauche sur ma tête recule. Je ne suis pas un tabouret de cirque. Le cornac est-il averti que nous sommes en terre démocratique et qu'il est illégal de laisser son éléphant user à sa fantaisie des crânes des citoyens libres de ce pays ? Prévenez le cornac. Retirez l'éléphant. Laissez-moi me lever.

Plus jamais d'alcool. Cette nuit restera dans l'Histoire comme la nuit de la Révélation. Elle connaît ma chute, elle annonce ma rédemption. Elle dissipe les ténèbres. Ma Grâce. Je compte pleurer de joie quand j'aurai un peu moins mal à la tête. Plus d'alcool, je le jure. Plus de tabac non plus. Plus de drogue, d'aucune espèce, liquide, solide ou poudreuse, à dater de ce matin. À quoi puis-je renoncer encore ? Au sucre, au café, aux chaussures de cuir, aux Dragibus. OK, j'abjure, j'irai nu-pieds comme une pauvresse, le corps sec et couvert de cendre, je prierai, je ferai du sport en salle, mais que quelqu'un colmate ces brèches béantes que j'ai partout dans la tête, la lumière me fait très mal, le bruit aussi, à commencer le bruit douloureux de ma propre respiration. C'est fou le vacarme que peut faire un tout petit courant d'air pour peu qu'il entre et sorte d'un soufflet organique. Je suis assiégée de respirations assourdissantes, elles trouent le matin. Je suis la victime pantelante du souffle de toutes les créatures de Dieu qui vivent dans cette pièce, mites, cafards, fourmis, acariens, coléoptères et poissons d'argent, virus plus ou moins somnolents, individu de sexe masculin. De sexe masculin.

Bon sang, qui est ce type ? Quel curieux visage. Quelle intéressante ossature. Allons, un petit effort, je vais bien finir par le remettre. Si je n'avais pas ce problème à la tête, si des flots de sodium en fusion ne s'échappaient pas en permanence des fissures qui me cisaillent la boîte crânienne, je me souviendrais. Je me jetterais probablement sur lui en beuglant son prénom, Charles, Maurice, Basile, mon chéri, mon amour. J'ai dû le connaître, ce prénom, à un moment donné de mon existence, peut-être même le nom, voire le métier, ou la situation de famille. Cette personne n'est pas entrée par effraction dans mon lit. Je ne crois pas. Je l'aurais sans doute entraînée. Mais quel curieux visage, vraiment.

Je préfère ne pas être à son côté quand il ouvrira ses petits yeux, quand il cherchera en tâtonnant la créature lascive dans les bras de laquelle je suppose qu'il s'est endormi. S'il me cherche, il me trouvera dans ma cuisine, chaussée et entièrement vêtue, un couteau pointu dans une main un téléphone branché dans l'autre, prompte à offrir un café et des adieux sans fanfare.

J'ai mal aux os, aussi.

2

Je n'aurais pas dû y aller, je n'étais même pas invitée. J'aurais pu me montrer digne, une fois dans ma vie, snober les réjouissances organisées par des gens qui m'ignorent. Mais non, l'indignité est ma patrie, j'aime la compromission, je suis la fille de la honte et la nièce du mépris. À gauche, au-dessus de mon estomac, bat un cœur de caniche. Je ne peux pas voir deux personnes assemblées sans leur foncer dans les jambes, aboyant gaiement, léchant leurs souliers, mendiant stupidement une balle, un morceau de sucre, une caresse distraite. Je ne résiste jamais à l'appel du groupe. Jamais.

Carmen aurait pu m'inviter, certes. Nous avons vécu ensemble pendant deux ans, je lui ai présenté quelques petits amis, et parmi les meilleurs spécimens de l'espèce, j'ai couvert ses adultères, j'ai couvé sa carrière. Je l'ai toujours admirée, écoutée, encouragée, aimée. Fidèle, je ne lui ai jamais manqué. Elle a grandi dans l'ombre de ma tendresse. Elle est devenue quelqu'un, je suis restée personne. Il faut croire que c'était trop. Quand elle décide de fêter ses trente ans, elle préfère le faire sans moi. Elle inonde Paris de cartons mondains. Elle invite un tas de célébrités qui ne lui sont rien, et dont les plus brillantes ne répondent même pas à son invitation. Et moi elle m'oublie, elle me rature, elle me nie. Elle me raye de la liste scintillante de ses invités. C'est idiot. On ne se débarrasse pas des gens aussi facilement. Vous trouverez toujours quelqu'un pour vous emmener à une fête à laquelle vous n'étiez pas invité, qu'on se le dise.

Il y a quelque chose de rassurant à constater que l'on n'a pas entièrement perdu la mémoire. Il y a comme une petite résurrection à penser que la dégénérescence sénile est remise à plus tard. Quand je cherche, je me souviens. Vivat. C'était Salomé, je revois ses rouges cheveux crêpés, et son petit corps nu, sobrement couvert ce soir-là d'un pagne transparent aux reflets de framboise. Elle était époustouflante. Moi, j'étais habillée.

Minuit venait de passer quand nous sommes arrivées, rangées toutes deux derrière son carton d'invitation. Une bonne cinquantaine de personnes battaient de la semelle, serrées les unes contre les autres, dans un couloir obscur, jouant des coudes pour atteindre une cave enfumée où une centaine d'autres remuaient en cadence, délicieusement compressées, le corps ébranlé par des sons si sourds et si profonds qu'ils semblaient vous arracher le cœur toutes les trois secondes, tant que l'on avait un cœur, bien sûr. Parce qu'au bout d'un moment, plus personne n'avait de cœur, ni d'estomac, ni de tête. Juste des jambes pour danser et une bouche, qui pouvait servir alternativement à ingérer des drogues ou à en embrasser d'autres, de bouches. Pas mal pas mal, murmurait Salomé en passant et repassant des ongles déments dans ses cheveux en furie, pas mal, pas mal. Arrête de répéter sans arrêt la même chose, tu me saoules, ai-je fini par lui dire, j'étais un peu nerveuse, je redoutais sans doute de tomber sur Carmen, je me sentais mal à l'aise, habillée comme ma mère, intrigante et déplacée. Je regrettais presque d'être venue.

3

Regretter, je n'ai fait que ça pendant une bonne partie de la soirée. C'est d'ailleurs tout ce dont je me souviens, le regret, l'ennui. Salomé a réussi assez rapidement à atteindre la cave, j'ai vu la tunique framboise sombrer dans la marmite humaine, bouillonner un moment, et disparaître. Je suis restée seule, appuyée au mur humide, les yeux vides, le cœur béant, les pieds tournés l'un vers l'autre, dans l'espoir vain d'échapper au piétinement aveugle de la horde. J'aurais pu m'en aller. J'aurais pu revenir chez moi, boire une tisane et me coucher seule à côté de mon répondeur muet, les yeux noyés des larmes de la défaite. J'aurais pu. Mais voilà, dans tout l'ennui que j'avais, j'éprouvais délicieusement la chaleur incomparable de la foule. Bercée jusqu'à l'âme par le séisme qui faisait, là-bas, trembler les amplis, j'étais aussi illuminée par les milliers de frôlements des corps alentour. Je regardais les visages défiler devant moi, aucun regard séraphique ne croisait un autre regard, on pouvait fixer impunément les plus jolis d'entre eux. Ils s'appliquaient si fort à ne pas voir qu'ils n'auraient pas reconnu leur propre mère, si elle avait été là, par hasard, oubliée le dos au mur, un sourire distrait aux lèvres, curieuse de voir passer la foule diverse. Je matais, je luisais, je laissais entrer en moi une attente indécise, et tout un flot de promesses confuses.

– Tu fais la gueule ?

– Quoi ?

Salomé hurlait. Elle était sortie de la nasse, soudaine et inattendue, Vénus ruisselante, elle s'était plantée face à moi, elle avait posé ses mains sur mes épaules et me secouait en bramant.

– À quoi ça sert que je t'emmène à une fête si c'est pour que tu restes dans ton coin ?

Et elle m'a tendu un gobelet de plastique blanc, plein à ras bords d'un liquide clair comme l'eau pure, et qui sentait le gin.

– C'est du gin ? ai-je hasardé.

Salomé a haussé les épaules, souriant avec ce sourire triste et compatissant que l'on a pour ses enfants, ses vieilles tantes, ses amis disgraciés, toutes espèces gênantes et que l'on se sent obligé d'aimer, à son désarroi. Pourquoi faut-il tenir ainsi aux faibles et aux demeurés, est-ce de l'habitude, ou de la superstition ? Et toi, pourtant, je t'aime, voilà ce dont m'assurait le sourire de Salomé tandis que je buvais à petites gorgées pressées le gin qu'elle m'avait si obligeamment apporté, affrontant la houle humaine, au risque de tacher gravement son surplis framboise. L'alcool fit son travail, il agit vite à son habitude, un spasme me rassembla tout entière en moi-même, une pierre incandescente tomba au fond de mon ventre.

– J'ai chaud, remarquai-je en m'éloignant du mur.

– C'est ce qu'il faut, répondit Salomé, viens danser maintenant.

Elle me prit la main et nous nous frayâmes un passage jusqu'à l'essaim joyeux où je brûlais désormais de m'évanouir. Reconnaissante, je serrais bien fort la main qui tenait la mienne, avant qu'elle ne me lâche, avant que je ne me mette à danser, moi aussi ravie, rieuse, raide.

Ensuite mon souvenir se brouille. Le temps se

rétracte et s'efface. Je perds le lien qui unit inéluctablement cette fille un peu ivre qui déboule dans la danse et l'autre, celle qui se bat ce matin contre les éléphants. Moi. Moi qui semble m'être fait un nouvel ami cette nuit, si seulement je pouvais me souvenir de son prénom, cette situation menace de devenir affreusement gênante. Imaginons qu'il se réveille, il faudra bien que je lui parle. De quoi grands dieux, je ne sais même pas comment l'appeler.

4

Je n'aurais jamais cru qu'il serait aussi facile d'arriver jusqu'à la baignoire. Il a suffi de glisser hors du lit, de ramper vilement jusqu'à la salle de bains, d'ouvrir les robinets. J'ai cru un instant que j'allais m'ouvrir en deux, à partir du haut du crâne, mais non. La carcasse a tenu, l'eau la répare maintenant, elle recolle les déchirures, elle lisse les plaies et apaise le cœur indocile. Plus jamais de gin, qui est mon ennemi, j'en fais le serment, toujours de l'eau, qui est mon amie, voilà ma nouvelle philosophie.

Il me semble me rappeler qu'un certain nombre de verres ont suivi le premier. Pas de problème assurait Salomé, tant que tu ne changes pas de bouteille, le mélange voilà l'ennemi. Sa tunique humide lui collait à la peau, elle s'était fait de nombreux amis, ils dansaient autour d'elle, ils ne la lâchaient pas d'une semelle, où qu'elle aille, au bar ou aux toilettes. Nous formions une bonne bande, tous sur la même longueur d'ondes, ou à peu près, pour moi je n'avais pris que de l'alcool. Je crois que je suis tombée par terre à un moment, je ne tiens pas à me souvenir de tout, les grandes lignes me suffisent. Le principal est que je ne sois pas restée à terre, j'imagine qu'il s'est trouvé quelqu'un pour me relever. Ensuite tous les gens autour de moi se sont mis à rire et à s'embrasser, c'était tellement beau que j'ai fondu en larmes, je voulais moi aussi embrasser tout le monde. Oh mon dieu, quelle horreur. Pourquoi ne me suis-je pas évanouie ?

Il paraît qu'on peut mourir de honte, c'est en tout cas ce que promet l'expression, je suis sans doute miraculée.

Je pensais que les gens s'embrassaient par amour les uns des autres, mais en fait non, ils s'embrassaient parce qu'une poignée de gus apportaient un gâteau à Carmen, un immense gâteau, une pièce montée couverte de bougies, quelle faute de goût, quelle sinistre vulgarité.

J'ai cessé de pleurer, les danseurs se sont écartés, ils ont fait un cercle et elle s'est avancée pour souffler les bougies.

Tout le monde s'est toujours accordé pour la trouver jolie, Carmen. Resplendissante, disent les amateurs, rayonnante. Il faut la connaître un peu mieux pour savoir qu'elle n'est pas si jolie que ça, et que même, à l'usage, on peut considérer qu'elle n'est pas jolie du tout. Elle a les attaches épaisses. Toujours est-il qu'elle paradait sans vergogne, tournant comme une mouche autour de son gâteau. Elle en avait le droit après tout, elle l'avait organisée cette fête, elle l'avait payée, elle en était propriétaire.

Chacun attendait patiemment qu'on en termine avec l'épisode du gâteau, se tenant prêt à applaudir à la demande, à chanter de joyeux anniversaires, à s'exclamer devant un cadeau, n'importe quoi pour qu'on en finisse et que le DJ se remette sérieusement au boulot.

C'est alors qu'une fille complètement ivre est sortie du groupe.

– Hé, a-t-elle beuglé d'une voix cassée, hé Carmen, ça ne t'ennuie pas que je sois venue à la fête où tu ne m'as pas invitée ?

Carmen n'a pas tourné la tête, elle a gonflé les joues et s'est approchée du gâteau, l'air conquérant d'une jeune beauté qui va souffler ses trente bougies. Simultanément deux types en veste noire se sont avancés vers la fille qui n'avait pas l'air disposée à en rabattre.

– T'as changé Carmen, t'étais moins snob à vingt ans, t'étais beaucoup moins snob quand t'avais besoin de nous, est-ce que tu te souviens Carmen...

La fille n'a pas pu en dire plus parce que les deux types l'ont saisie à bras le corps, l'un par la gauche, l'autre par la droite, elle ne touchait plus terre, elle gigotait comme un agneau pascal, plus personne ne regardait Carmen, tout le monde la regardait, elle, qui s'égosillait, lâchez-moi salauds, lâchez-moi bande de cons, Carmen dis quelque chose, t'étais ma meilleure amie avant, Carmen Carmen. Les types l'ont sortie de la boîte, ils l'ont jetée dans la rue, elle a volé une seconde dans l'air froid, elle est tombée sur les poignets et sur les genoux.

– Et t'avise pas de revenir conasse, a murmuré l'un d'eux en se penchant sur elle, tout près de son oreille, si près qu'elle a eu enfin peur, très peur. Parce que la prochaine fois, je te démolis.

Je suis navrée d'avoir à la reconnaître, je préférerais qu'il s'agisse d'une autre, j'aimerais même que le souvenir en soit resté englouti à jamais, mais l'eau l'aura réveillé.

5

Salomé n'est pas sortie à ma suite, non, Salomé n'a pas voulu me ramasser dans le caniveau, Salomé ne m'adressera peut-être plus jamais la parole. Je suis restée un moment sur le trottoir, à quatre pattes dans la nuit méfiante, pleurant vaguement, songeant incidemment à mourir sur place, pour embarrasser la compagnie de quelques remords, et de nombreux procès. Une ombre s'est alors levée dans la nuit, elle s'est penchée sur ma douleur.

– On a des problèmes ? On a voulu vendre à l'intérieur ?

– Oh non, ai-je reniflé, j'ai jamais rien eu à vendre, jamais, rien.

Et là-dessus, je me suis remise à pleurer, avec tant de conviction que l'ombre s'est avancée vers moi, sortant de la nuit, glissant dans la lumière des lampadaires. Intéressée soudain et oubliant ma peine, j'ai levé la tête et je l'ai regardée. Elle avait un curieux visage.

– Ma petite dame, a dit le type qui me relevait maintenant de mon trottoir d'infamie, il ne faut pas rester à quatre pattes par terre devant la porte, ça donne mauvais genre à la boîte.

– Qu'est-ce qu'on en a à foutre ?

– C'est que je suis vigile, a dit le type aux méplats écrasés. Faut comprendre. Je suis payé.

Il m'a saisie à bras le corps et m'a levée du sol, il avait un gentil sourire blanc et une veste matelassée si douce que j'ai posé la tête au creux de son épaule, cessant de pleurer pour l'occasion, écoutant pulser en moi un sang coupé de gin.

– Hé dis donc, a-t-il bredouillé, mais il ne m'a pas chassée, au contraire, il baissait vers moi le menton, me regardant l'œil attentif, estimant au jugé mon état d'ébriété et la sincérité de ma tendresse.

Puis il m'a serrée contre lui, bien fort. J'ai senti craquer ma cage thoracique. Mais je n'ai pas bougé.

– Quand est-ce que tu termines ? ai-je fait en enfonçant le nez dans le col de sa veste.

Fallait-il que je sois ivre pour ramasser le vigile, fallait-il que j'aie perdu la tête pour l'emmener entre mes draps et bien pire. Mais que se passe-t-il que j'aie si fort envie de retourner au lit maintenant, de passer la main sur le visage d'un boxeur, de murmurer Kevin, debout, c'est bientôt l'heure de l'entraînement. Kevin Chéri. Un boxeur. Qu'est-ce que j'ai ? La gueule de bois ?

Encore une seconde et je sors de la baignoire. Si je ne fais pas attention, je vais vider le ballon et il n'aura plus d'eau chaude pour se doucher quand il se réveillera. Ensuite je ferai du café. Et j'écrirai une carte à Carmen. Cette garce. Pour remercier.

Artiste Contemporain

Tout est de ma faute. J'aurais pu continuer encore un peu avec la vieille architecture. Elle produisait très bien, tout le monde était content. Fictions vendues sur plans, novélisations systématiques des sorties images, cascade produits, jeux, héros déclinés. Et deux Pulitzer. Misère.

À moi la prospérité, la reconnaissance, le juste profit de mon travail. Moi, Lou Valognes, romancier invaincu, tenant du titre, prétendant au dernier cénacle des fortunes planétaires. Mais non, c'était trop facile. Il a fallu que je fasse le malin, Allô Amid, j'ai des projets. Tu peux me trafiquer la boîte ? Enrichir l'arborescence, organiser différemment la mémoire, doper la vitesse, étendre l'intelligence. Implanter des extensions nouvelles. Je veux travailler sur la meilleure boîte, Amid, la meilleure boîte au monde.

Amid a fait l'étonné. Qu'est-ce qui se passe ? Tu n'arrives plus à te placer ? Les marchés ne sont pas contents ?

Il résiste toujours un peu au début, je le connais, c'est une stratégie de vente. Alors j'insiste.

Mais je me fous qu'ils soient contents, Ducon, je veux qu'ils soient stupéfaits. Je veux qu'ils tombent de leur chaise, que l'émotion les fracasse, les larmes, l'amour, les cris. Je veux leur donner ce qu'ils n'ont encore jamais vu, Amid, ce qu'ils n'attendent ni n'espèrent, ce que leurs rêves leur cachent, la nuit.

Ouh là, a fait Amid, tu t'énerves et tu cries, du calme ou je coupe le son. Avant de toucher au système, tu devrais penser à l'usage que tu en fais. Un type qui tire toujours les mêmes ficelles ne s'étonne pas d'obtenir toujours le même emballage. Si tu veux changer le produit, c'est toi qu'il faut améliorer, chéri, pas ta machine.

Docteur Miracle. Depuis qu'on travaille ensemble, il rêve de m'implanter des supplétifs, je le sais bien. Mais je refuse. Je n'aime pas les inserts physiques. Je suis sans doute vieux jeu mais je n'ai même pas de greffons sexuels. Juste quelques incrustations, et encore, des cavernes à l'ancienne, entièrement synthétiques.

Je t'ai déjà dit non. Je ne veux pas que tu me colles des implants, d'abord c'est cher, ensuite c'est malsain, regarde ce qui est arrivé à Steve. C'est la machine que je te demande de gonfler, pas moi. Tu peux sûrement la débrider, bricoler les tissus, je ne sais pas moi, lâcher la gomme.

Hmm, a fait Amid, si tu veux, oui. Pouvoir n'est pas tellement le problème. Ce n'est qu'une question de budget. Mais tu vas loger une drôle de bestiole à la maison, Lou, je me demande si tu sauras tenir la laisse. Il faut que tu comprennes qu'à un certain niveau de puissance on touche à l'autonomie. Le seuil de dangerosité devient friable, et glissant. Tu as tendance à l'oublier, mais rappelle-toi : cette boîte n'est pas ton amie. Au mieux une étrangère. Au pire une paranoïaque armée d'une hache. Son comportement risque de se montrer très aléatoire. Sincèrement, je me demande qui de vous deux je préférerais trafiquer, ta boîte ou toi. J'hésite. Toi, je crois. Réfléchis mon pote. Amid a beau n'être qu'un vieux système expert développé par IBM, j'ai pour lui du respect, et de la confiance. On travaille ensemble depuis des années. C'est avec lui que j'ai bâti mes premiers fictionneurs de forte puissance. Je pense parfois que personne ne me connaît aussi bien que lui. Quand il a fini de vouloir me vendre des services que je ne veux pas acheter, il se montre de bon conseil. Il est même capable, parfois, de bienveillance.

Réfléchis, mon pote. Réfléchis. Réfléchis. J'ai appelé mon contrôleur psychique. Dans un sens, j'aurais pu m'en passer. J'ai arpenté de long en large le champ de ses possibilités, je connais son répertoire par cœur. Mais enfin, maladroit, gâteux, faux derche, tel qu'il est il me rassure. Je crois que c'est ce qu'on nommait l'amour, autrefois, cette force qui vous pousse à revenir sans cesse, aveuglément, à un outil inadapté.

L'amour. Il m'a proposé de prendre un accélérateur mnémonique, comme d'habitude. Et, comme d'habitude, j'ai accepté poliment. J'ai inhalé, j'aurais pu m'en passer, il y a longtemps que je ne réagis plus. J'ai commencé à parler, il s'est aussitôt assoupi, hoquetant de temps à autre, comme si j'entretenais encore quelque illusion sur sa vigilance, j'ai dit :

Ça recommence. La brûlure est revenue. Elle ne me lâche plus.

Le contrôleur m'a interrompu, il a soupiré : « La brûlure donc, la brûlure… »

Isoler le maillon saillant d'une séquence, le reprendre d'une voix morne et rêveuse, il fait cela très bien, sans sortir vraiment de sa torpeur.

La brûlure, ai-je repris, le regret, l'envie, la rage. L'incapacité d'être satisfait, la haine et la fatigue de soi, et le désir douloureux d'autre chose.

Le désir, a murmuré l'écho, vous parliez de désir...

Pauvre vieux. Ça me plairait bien d'en programmer un, de contrôleur psychique, ça me plairait vraiment. Je ne prétends pas obtenir quelque chose de beaucoup plus performant que ce que j'ai, mais enfin, on rigolerait un peu.

Le désir, la tristesse, je réfléchissais à haute voix, n'avez-vous jamais fait ce rêve... Non, a fait le contrôleur.

Ce rêve d'où l'esprit conscient veut à tout prix ramener quelque chose. N'importe quoi, n'importe lequel de ces objets fera l'affaire, pour peu que vous réussissiez à lui faire franchir la frontière de l'éveil. De la contrebande, la pure came de songe. Programme Orphée, si vous voyez ce que je veux dire. Vous bourrez vos poches, vous revenez au monde. Et puis quoi ? Rien. Vous vous éveillez, tous vos trésors s'évanouissent. Vous n'avez rien rapporté, tout est à recommencer. Toute ma vie j'ai fait ce rêve, docteur, et toute ma vie est à son image. J'ai beau serrer les poings, l'or de mes rêves glisse entre mes doigts.

Là-dessus ma voix s'est émiettée.

Et ça fait mal bon Dieu, ça fait mal tout le temps.

La douleur était fine, et pointue, mon corps a cédé, j'ai fondu en larmes. Le capteur a enregistré le changement de registre, le contrôleur a ronronné.

Laissez venir les pleurs, cher client, laissez l'eau primitive envahir vos yeux et tremper vos joues, goûtez de la langue et des lèvres l'ancienne saveur des larmes, pleurez mon cher client, pleurez…

Il psalmodiait, je suffoquais, on pouvait continuer longtemps comme ça, j'en ai eu marre, j'ai hurlé : «Mais je ne veux pas pleurer, bordel de merde, je veux juste arrêter d'avoir mal, et tout de suite».

Réveillé en sursaut, le contrôleur psychique a suspendu sa mélopée.

Très bien, a-t-il fait sèchement, je valide votre liste d'adjuvants. Nous avons reçu de nouvelles molécules très efficaces, très ludiques, très longue durée d'action. Je les ajoute à l'ordonnance. N'en abusez pas, à la longue elles dissolvent les connexions neuronales.

Je me suis mouché, j'attendais vaguement qu'il me balance la note avant de déconnecter (je préfère surveiller, j'ai eu des surprises), quand son débit s'est précipité.

Et foutez la paix à la boîte, Valognes. Amid a raison, c'est vous qu'il faut réparer. Vous êtes cinglé, mon vieux, complètement lessivé. Le montant de votre consultation sera automatiquement déduit de votre…

J'ai éteint l'écran. J'avais assez réfléchi. J'ai rappelé Amid.

D'abord, on a étendu la mémoire. Pour la forme. Le problème sera bientôt de trouver de quoi la remplir, cette mémoire, elle est surdimensionnée, les données ne sont pas illimitées. Le vrai boulot a commencé ensuite, quand j'ai donné l'ordre de décompartimenter.

Amid a rechigné, évidemment, j'ai tenu bon, il a fini par s'y coller. Mais pas un instant il n'a cessé de grommeler.

Si tu es persuadé de vouloir augmenter les zones d'incertitude, très bien, j'augmente, mais il ne faudra pas venir te plaindre, après. Ce que tu vas gagner à mettre du flou partout, je me demande. Un personnage reste un personnage, une action reste une action, sauf à flinguer l'idée même de la fiction, je ne vois pas très bien où tu veux arriver. Si tu veux mon avis, mais pourquoi m'écouter n'est-ce pas tête de lard, tu vas tuer la poule aux œufs d'or, c'est tout ce que tu vas gagner, toutes les heures que j'ai passées à perfectionner ce système, tu vas me le bousiller, ça me fait mal au ventre quand j'y pense.

Je ne l'écoutais pas. J'étais bourré jusqu'à la gueule de ces nouvelles molécules longue durée, formidables. Je ricanais. Je me disais vaguement que j'en avais assez de me faire houspiller par des systèmes bornés, qu'il fallait que je pense à suspendre mon abonnement et à chercher des serveurs moins bridés. Dans le fond, ce qui est moche avec la drogue, c'est qu'on finit toujours par trahir ses vieux amis.

Amid s'est lassé, il s'est tu, il bricolait comme un dingue, en silence, je crois qu'il était vexé.

Les premiers jours ont été fantastiques. J'étais si excité que je n'ai pas dormi pendant soixante-douze heures. Il a fallu qu'un filet de sang dégouline des conduits auditifs pour que je me résolve à quitter le poste. Nous avions réussi à décupler la vitesse de réaction. J'avais à peine fini d'entrer les spécifications que la boîte commençait à cracher du texte. Distrayant.

Mais il y avait moins anecdotique. Et c'était le texte. N'importe quel ovocyte cryonisé aurait pu comprendre, à voir trois lignes prises au hasard dans le script, que nous étions parvenus à casser le moule. Nous avions dynamité, et pour de bon, les modules de la fiction. Pulvérisé la tyrannie des catégories. Ouvert tout grand la porte. Et l'air qui venait d'entrer dans la pièce sentait bon, très bon.

Virés les menus intrigue, rythme et personnages, les spécifications de caractères, les commandes de style. La boîte était maintenant dimensionnée pour répondre seule aux contraintes techniques. À elle, la machinerie puante et les échafaudages minables. Restait… le reste, tout le reste. La combinaison des univers. La grâce. La création, quoi.

L'écriture était un conte dont j'étais la bonne fée, le hennin penché sur le berceau de l'œuvre, la baguette magique pointée sur le marmot, murmurant :

Que ce texte ait la pureté du contrepoint, la carnation fragile d'un visage de jeune fille sur la plage, le vice réitéré d'un ruban retourné. Et la couleur du safran. OK.

Autre proposition. La douleur d'une courbe de Planck. OK.

Je n'avais plus qu'à spécifier le volume (très court, court, moyen, long, très long, OK). Le texte sortait. Et, bon Dieu, c'était si amusant à composer que je ne prenais même pas le temps de lire jusqu'au bout.

Je n'étais pas certain de trouver des clients pour acheter ce genre de produits. Un peu perfectionnés pour l'état du marché, peut-être. Un peu chichi. Mais qui pouvait m'interdire de passer le tout au mixeur ? J'allais segmenter la clientèle, créer deux lignes ; Valognes DreamStuff et Valognes StreetStuff. La concurrence pouvait remballer, je tenais tout le marché. L'euphorie me brûlait. J'ai jeté un coup d'œil à l'ordonnance du contrôleur, fourré les adjuvants dans mon shaker, secoué bravement, et aspiré le tout.

Les choses ont dû se mettre à déconner sans même que je m'en rende compte. Au matin du septième jour, j'allais ouvrir les menus quand j'ai constaté que le casier de textes était plein. Je ne me souvenais pourtant pas avoir lancé une commande pour la nuit. J'étais même certain d'avoir ramassé toutes les productions de la veille, je voulais les parcourir avant de m'endormir. J'ai pris quelques feuillets, jeté un regard au texte, les phrases étaient simples, les structures répétitives, les images répugnantes. Qu'est-ce que c'est que cette merde ? ai-je pensé. Qui a touché à mon système ? J'ai appelé Amid.

Amid, on dirait que j'ai un problème avec la boîte. Elle débloque. Quelqu'un a dû y toucher cette nuit. Tu lui as demandé quelque chose ?

Amid n'a même pas pris la peine de me répondre. Il a vérifié mon identité, longuement, comme si j'étais le dernier des inconnus, et il a quitté la communication de lui-même.

Très bien faux frère, je me débrouillerai seul.

J'ai passé toute la matinée à bidouiller. Et toute la matinée, la boîte a vomi des kilomètres de textes. Mais rien, rien qui se rapproche de près ou de loin de ce que j'attendais. La même série, déclinée à la nausée, d'obscénités et d'ignominies.

Que ce texte ait la grâce d'un sourire d'enfant, la saveur d'un entremets, la clarté d'un ciel d'avril, la fadeur joyeuse d'une figure euclidienne. Et la couleur de la layette. OK.

Autre proposition. Et la couleur du bonbon. OK.

Voilà ce que j'obtenais :

« Les nerfs retirés du corps et reliés à des cordons qui les allongent ; et pendant ce temps-là, on les larde avec des pointes de fer brûlantes.

Cela fait, il sort ; on donne le coup de grâce à celles qui ne sont pas encore mortes, on enterre leurs corps et tout est dit pour la quinzaine. »

J'ai quitté la machine. Je l'ai débranchée. Je me suis couché et j'ai dormi dix-huit heures. À mon réveil, j'ai relancé le processeur. Les feuillets ont recommencé à s'accumuler dans le casier.

« Compte du total – Massacrés avant le 1er mars dans les premières orgies... 10/Depuis le 1er mars... 20/Et il s'en retourne... 16 personnes ? Total 46. À l'égard et des supplices des vingt derniers sujets et de la vie qu'on mène jusqu'au départ, vous le détaillerez à votre aise. »

Les voyants scintillaient, la copieuse produisait, j'avais le cafard. J'ai quitté la maison, j'ai marché longtemps sur les promenades, je suis passé rendre visite à Steve au département psychiatrique, il ne m'a pas reconnu, je suis revenu, j'ai pris le temps de boire un café. J'ai ouvert la porte de mon bureau. Le casier débordait.

J'ai essayé de joindre Amid, il n'a pas décroché. Alors j'ai attrapé la boîte à bras le corps et je l'ai descendue à la cave. Elle a eu une sorte de petit gémissement quand je l'ai balancée sur le sol. L'écran a clignoté.

J'ai eu de la peine à ouvrir la porte de mon bureau. Le sol était inondé de feuillets.

« Scélérat ? interrompit-il... Verbiage que tout cela, mon enfant ! Rien n'est scélérat de ce qui fait bander, et le seul crime dans le monde est de se refuser quelque chose sur cela ».

Et ainsi de suite. Je me suis recouché mais je n'ai pas dormi. Les gémissements avaient pris de l'amplitude, ils résonnaient, ils me donnaient mal au crâne.

Le papier qui s'amoncelait au pied de mon lit crissait désagréablement.

Au soir du septième jour, j'ai compris que j'étais foutu.

Hé! Steve, j'ai dit, arrête de te gratter, tu creuses, écoute-moi. Tu vois, Steve, dans le fond, j'aurais aimé vivre à la fin de l'âge moderne. Les écrivains étaient moins seuls. Rushdie, Echenoz, Spielberg, Flaubert, Besson, Bourbaki, Hemingway, tous ces types étaient logés à Paris, ils se connaissaient, ils se fréquentaient. Je les vois bien : le soir ils se retrouvent sous le ciel, ils mangent des trucs biologiques, ils discutent entre eux, de tout et de rien, ils blaguent, ils rigolent. Ils embrassent des filles entières. Facile, le marché n'existe pas, ils ignorent la concurrence. Ils peuvent garder des amis. Et puis les femmes n'avaient pas encore appris à écrire. Les singes non plus. On ne les a améliorés que bien plus tard.

Personne ne se serait rendu malade pour produire de la fiction. D'abord ils n'avaient pas besoin de matériel, un petit clavier faisait l'affaire. Et puis il suffisait qu'une idée leur passe par la tête. Hop, ils grimpaient dans leur mansarde, ils pondaient leur petit machin et le roi leur octroyait une pension, prenez mon brave, au nom de Dieu. Quand on peut vivre comme ça, un jour après l'autre, pourquoi se casser la tête, je te le demande, et arrête de te gratter, c'est dégoûtant à la fin, on voit tes implants. Ils étaient paisibles, voilà leur secret, voilà ce qu'on a oublié avec le progrès. Souvent je me dis qu'on devrait rétablir la monarchie. Je suis content d'avoir fait des études. Pas toi ? On sait comment les choses se passaient, avant. On prend du recul, on a de la perspective. Dommage que le savoir rende si nostalgique. Je regrette, Steve. Je regrette tellement d'être né trop tard. J'en pleurerais. J'aurais tant aimé écrire.

Toi aussi mon petit vieux, je le sais. Mais enfin, arrête, imbécile, regarde ce que tu as fait, mais regarde-toi, tu coules de partout, tu es répugnant, tu fais de la peine.

• *Les productions de la boîte d'Amid sont des citations extraites des "120 journées de Sodome" de DAF de Sade.*

Oui

– La blennorragie ? a demandé ma sœur en essayant de fourrer par surprise la tétine du biberon dans le gosier de sa fille.

– Non, ai-je précisé, pas maladie vénérienne, maladie sexuelle.

– La syphilis, alors ? a claironné la jeune fille qui devait s'occuper de nos enfants pendant les vacances, et veillait spontanément sur nos frères et nos maris.

– Non plus. Si tu réfléchissais un quart de seconde, tu remarquerais qu'on ne dit pas maladies sexuelles mais maladies sexuellement transmissibles, ce qui fait une différence notable, même pour une étudiante en première année de psychologie.

– Ouh là, a fait la jeune fille, excuse l'erreur.

– Blennorragie, chlamydia, syphilis, salpingite, toujours des féminins, a remarqué mon cousin. La vérole. Même la chtouille c'est féminin. Tu ne vas pas me dire que c'est par hasard…

– Laisse tomber, ai-je dit, le débat est clos. De toute façon je ne suis pas censée écrire sur les maladies sexuelles, mais sur la maladie sexuelle.

Ma sœur a levé au ciel des yeux désabusés.

– Un analyste qui propose pour thème la maladie

sexuelle, c'est un peu comme un curé qui donne une dissertation sur l'existence de Dieu. Au moins tu sais ce que tu dois répondre.

– Quoi ?

– Oui.

À ce moment-là, j'ai tendu le bras pour attraper un cendrier et j'ai entendu très distinctement ma tasse de café émettre un bruit furieux et minuscule, une sorte de hoquet mouillé.

– Mince, je crois que la cendre de ma cigarette est tombée dans mon café.

– Tu rêves, a fait mon beau-frère d'un ton apaisant. Je n'ai rien vu.

Je l'ai cru, personne n'y voyait rien, nous dînions dans la chaleur sur la terrasse obscure. J'aime beaucoup la voix qu'adopte mon beau-frère quand il me parle. Il me prend pour une dingue, c'est clair, et s'adresse à moi avec des égards émollients.

– Le sida peut-être, a hasardé un invité de passage.

Mais nous avons fait ceux qui ne l'entendions pas. Tout le monde avait perdu des amis en route et plus personne ne supportait les généralités sur le sujet. Pendant ce temps, ma nièce ne voulait pas de son biberon de soupe, ni de son biberon de lait, ni d'une pêche, d'un abricot, ni de rien du tout, elle voulait juste vagir interminablement, les yeux écarquillés.

– Elle a trop chaud cette gamine, a diagnostiqué son père.

Il s'est levé, il a pris sa fille sous le bras.

– Je vais essayer de la coucher.

Et il est entré dans la maison.

Ma sœur a eu cette grimace amusante qu'elle prend toujours quand elle réfléchit. Les coins de sa bouche s'abaissent, simultanément ses iris montent dans le blanc de l'œil et vont se nicher à demi sous ses paupières. J'ai remarqué qu'elle a, à peu de chose près, la même mimique quand elle dort (nous dormons, chez nous, les yeux ouverts).

– Laisse tomber la maladie, a-t-elle proposé – elle regardait ma tasse de café avec suspicion. Tu me fais de la peine. C'est comme si tu étudiais le mouvement des galaxies sans supposer de centre à l'univers. Il faut interroger l'origine. Or l'origine de la maladie, c'est la bonne santé.

Elle m'a regardée, elle a rigolé.

– La Bonne Santé Sexuelle.

J'ai bu d'un coup ma tasse de café. Le café était froid, il crissait sur la langue, il avait un goût acre et une consistance épaisse.

– Sans blague, je crois que la cendre est vraiment tombée dans ma tasse.

– Montre voir, c'est peut-être le marc.

Mais non, on voyait nager, sur le fond brun, une quantité de fins copeaux gris.

– Choisis, dit ma sœur, arrêter le tabac ou arrêter le café.

Ensuite, nous nous sommes souvenues avec satisfaction d'un ami d'adolescence qui avait une tête ronde et qui était trotskiste.

– Dans la société communiste, disait Patrick, le problème ne se posera plus.

Debout face à la fenêtre ouverte, il me tournait le dos. Il regardait sans le voir le petit jardin ceint d'un haut mur de brique, au fond duquel poussait un frêne clair et qu'il fallait tailler tous les ans.

– Oui ? disais-je.

J'étais, comme à mon habitude, affalée sur mon lit

défait. Il me plaisait beaucoup d'entendre parler d'amour, toutes les théories m'intéressaient, la pratique aussi mais avec circonspection, j'avais quinze ans.

– Dans la société communiste, les individus seront élevés sans préjugés. Plus de pressions religieuses ni familiales, plus de mépris de classe, chacun aura la même valeur aux yeux de tous.

Envisager la société communiste était une activité agréable, à laquelle nous consacrions de longues soirées décousues, et dans laquelle Patrick excellait, car il était à la fois fils d'ouvriers et militant politique. Terrifiés par l'austérité de son engagement, nous avions pris le parti de l'admirer tout en essayant, dans la mesure du possible, de sécher les cours d'éducation politique auxquels il nous traînait sans ménagement, tous ces samedis après-midi où nous avions tant à faire.

– Le mariage disparaîtra de lui-même et la notion bourgeoise de l'amour avec lui. Car qu'est-ce qui est plus bourgeois que l'amour ? Toi par exemple. Qu'est-ce qui te pousse à sortir avec Eric ou pire avec Yves, et à me dire non à moi ? Est-ce que tu y as réfléchi au moins ?

Je secouais la tête, je pensais très fort aux épaules d'Eric, que les filles massées sur la galerie suivaient, muettes, d'un seul regard, quand les garçons avaient piscine et que celui-là traversait d'une brasse pneumatique les vingt-cinq mètres du bassin. Je résolus d'être franche, car je pensais que la franchise serait une vertu en vogue après la dictature du prolétariat.

– Pour Eric, je dirais les épaules d'abord, et puis les jambes, le corps si tu veux, sans compter qu'il est gentil et que toutes les filles ont affreusement envie de l'embrasser. Et pour Yves…

Je voyais, de dos, la grosse tête ronde de Patrick hocher avec une manière de commisération lasse.

– Si je ne te connaissais pas, je penserais que tu es idiote. Je vais te dire, moi, pourquoi. Parce que Eric est fils de médecin, qu'il a une mob et qu'il est bronzé la moitié de l'année. Voilà pourquoi tu lui dis oui et que tu me dis non. Par logique de classe.

Je n'ai pas eu la cruauté de lui avouer que j'étais aussi sortie avec Ahmed Boudraa, qui avait vécu pieds nus en Kabylie jusqu'à l'âge de sept ans. Je ne voulais pas briser son cœur glorieux, ni diviser les fils du prolétariat.

– Tu penses que dans la société communiste n'importe quelle fille voudra bien sortir avec n'importe quel garçon ?

– Oui, avait répondu Patrick toujours perdu dans la contemplation du frêne. Faire l'amour sera, comme le disait Lénine, aussi naturel que boire un verre d'eau. Tu n'auras même pas l'idée de refuser.

Nous étions à la lisière du soir, le jour s'effondrait doucement dans une compote mirabelle. C'est là, dans la lumière fruitée, attentive aux sornettes d'un jeune homme qui ne trouvait personne pour l'embrasser, que j'ai douté de l'avènement de la société communiste.

– Mais moi je crois, ai-je hasardé, que certaines aimeront toujours les yeux bleus tandis que d'autres préféreront les yeux bruns, et qu'à ça le communisme ne pourra rien changer.

– Eh bien tu te trompes, a répliqué Patrick en tournant vers moi un visage triomphant.

Je compris qu'il ne ferait pas de discrimination, lui. Qu'ils y viennent les yeux, les bleus, les bruns, les louches et même les borgnes, à tous il s'offrirait avec la grâce limpide de l'eau. En vérité, il n'attendait que ça. Un type aussi désespérément assoiffé mourrait sans regret pour que se lève l'aube humide du socialisme réel.

– Mais alors, ai-je finement remarqué, quand nous serons libérés de l'odieuse tyrannie, je pourrai aussi sortir avec des filles.

Comme il restait bouche bée, j'ai ajouté :

– Et toi avec des garçons, au moins on ne mourra pas idiots.

Patrick a regardé sa montre.

– L'homosexualité, a-t-il déclaré, est une maladie. Dans la société communiste, il n'y aura plus d'homosexuels.

Et là-dessus il est parti.

– Voilà un type, ai-je dit à ma sœur, qui croyait dans la Bonne Santé Sexuelle.

– Certainement, a fait ma sœur, et avec constance : il m'a tenu exactement le même discours. Lui-même avait une attitude très communiste, il était sans aucun discernement. Il a même fini par proposer l'affaire à Sabine Demelaere.

– Elle a dit oui ?

– Elle a dit non, tu penses.

Mon beau-frère s'était assoupi avec sa fille. Nos invités débarrassaient la table. Un instant émus par l'intitulé du débat (les gens adorent parler d'amour), ils avaient été rebutés par la tournure qu'avaient prise les choses (un échange privé de souvenirs très anciens). Nous nous retrouvions en tête à tête, ma sœur et moi, fumant négligemment, les pieds sur la table. Nous énumérions les prosélytes de la Bonne Santé Sexuelle que le hasard nous avait donné à connaître. Après les jeunes gens, étaient venus les hommes faits, enthousiastes, et toujours travaillés par un souci prophylactique. Le communisme étant mort entre-temps, il ne s'agissait plus que de spéculer sur l'apparition d'une forme de vie évoluée, fondée pour l'essentiel sur une pratique sexuelle désinhibée. Dans le fond, le dispositif était le même, âge d'or et sornettes, le buste de Casanova pour celui de Lénine, la tasse de thé pour le verre d'eau.

– Pourquoi se dire non? demandait le jeune homme avec son merveilleux sourire d'enfant. Ton mari n'en saura rien, ma femme comprendra très bien et nous serions si heureux tous les deux. Pourquoi se blesser inutilement?

Ils étaient installés à une petite table sous l'escalier de la brasserie, et en dépit du vacarme alentour les tables voisines ne perdaient pas une miette de leur exquise conversation.

Confuse et ravie, la femme secouait la tête.

– Allez, disait-il, juste une fois. Non seulement nous ne ferons de mal à personne, mais nous ferons du bien à tous ceux qui nous entourent. Tu le sais que rien ne profite tant aux familles qu'un adultère discret, tu le sais n'est-ce pas?

Il lui avait pris les mains sous la table et elle riait.

Mon voisin de table tenait pour certain qu'elle céderait, j'étais prête à parier qu'elle refuserait. Nous nous sommes éternisés devant nos cafés mais ils n'ont rien arrêté ce soir-là. Nous avons fini par reprendre nos manteaux à la patère, ils sentaient la patate rissolée, et nous sommes partis indécis dans le vent cruel de novembre.

– C'est quand même marrant, disait ma sœur. On aura vu défiler les babas en cheveux, les communistes en pantalons de tergal, les messieurs en shetland, on aura cru sottement que les temps changeaient. Tout ça pour constater que les rêves leur survivent : lorsque adviendra l'ère de la Bonne Santé Sexuelle, nous serons heureux et nos sociétés prospères. Coucher c'est avancer d'un pas vers la fin de l'Histoire.

J'étais rêveuse, je pensais aux sirènes du Tao et à leurs chants d'immortalité, bannissez la souffrance, mangez les fanes de vos radis, gardez gardez votre semence.

– Tout le monde veut la fin de l'Histoire, ai-je remarqué, et c'est bien naturel. La vie est contrariante, les gens sont déçus, ils rêvent d'améliorer les choses, d'aboutir et puis d'en finir.

Avec la nuit, la chaleur s'était ramassée sur elle-même. Des millions de poires blettes pourrissaient autour de nous, abandonnant dans l'air inerte des parfums de sable, de sucre et de vanille. Ma sœur parlait, elle racontait des histoires de famille, elle évoquait les larmes de notre mère et les prêches de notre père à l'heure implacable où les filles se décident à coucher. C'était un bon récit, héroïque et drôle, mais je connaissais tout cela par cœur, j'écoutais d'une oreille, j'étais préoccupée.

– Hé, ai-je dit, l'interrompant à ce moment formidable où ma mère ulcérée décide de dérembourser tous les frais de gynécologie, je n'y arriverai jamais.

– Mais si tu y arriveras, a répondu ma sœur sans se troubler, et avec plus de bonté que de pertinence, car elle a ajouté : Arriver à quoi ?

– À écrire ce texte.

Elle a soupiré. Après l'avoir amusée, le sujet l'ennuyait. Elle voulait bien parler de nous, et confronter une nouvelle fois ce que nous savions de notre enfance (tous les prétextes étaient bons). Voilà tout. Passé le premier effet de surprise, l'expression ne suscitait plus en elle qu'un désintérêt poli.

– Parle de Patrick, a-t-elle enfin consenti car j'avais l'air désemparé. Raconte qu'il est monogame, marié et qu'il a des enfants. Ajoute qu'il n'a pas l'air plus heureux aujourd'hui qu'à l'époque. Qu'il appelle toujours de ses vœux la révolution internationale et qu'il espère clairement qu'à cette occasion nous aurons, toi et moi, la tête coupée.

– Et après ? ai-je soupiré (j'étais découragée).

– Après tu en auras fini. Même moi j'aurai compris que la Bonne Santé Sexuelle est un leurre déployé par des gens qui ne rêvent que de plier le monde à leur loi. Le pape, les parents, Patrick, Ceaucescu, Ron Hubbard. Bonne Santé étant déclarée inopérante voire nuisible dans l'ensemble du Sexe, restera Maladie, sous-ensemble vainqueur par défaut.

Ma sœur a suivi des études universitaires, plus longues que les miennes qui furent brèves et techniques. Elle en a gardé le goût un peu militaire du raisonnement, du défilé des idées, avançant en ordre les unes derrière les autres, et jouant du twirling bâton. Rien ne lui plaît tant que les démonstrations, vraies, fausses, vaines. Elle se frottait les mains. Pas moi. J'avais croisé les bras, j'hésitais.

Je pensais qu'il était bien injuste d'opposer la Maladie à la Bonne Santé, comme si l'une était affrontée à l'autre, dans un face-à-face sans merci, non, cela n'allait pas. La maladie n'était pas le contraire de la bonne santé, pas plus que le plutonium n'était le contraire de l'uranium. Elles me semblaient plutôt comme deux états de l'être, dont l'un, plus fort et plus durable, comprenait l'autre. Et c'était la Maladie, bien sûr, qui comprenait la Bonne Santé.

Mais il n'est pas si bon de réfléchir trop longtemps. La pensée s'effiloche et puis elle fait des bourres. Je pensais en rond, je m'ensommeillais. Ma sœur se leva et quitta la table. Je regardai le ciel, il y avait là-haut autant d'étoiles que d'histoires possibles, elles s'éloignaient très vite, elles se fuyaient, portant courageusement leur petite lumière, filant Dieu sait où, vers le vide probablement, déjà mortes aussitôt qu'entrevues. Je n'arrivais pas à en saisir une, celle-ci plutôt que celle-là, elles semblaient toutes nécessaires, aucune n'était plus méritoire, ni plus digne d'être racontée.

Des récits, il en existait assez, pour ceux qui, lassés d'écouter leurs amis et leurs proches, chercheraient d'autres versions de la même histoire. Les livres n'étaient faits que de ça, les films et les chansons. Qu'aurais-je ajouté de meilleur, et de plus scintillant ?

– Et je ne vous ai pas encore présenté le thème… avait dit la voix au téléphone, alors que j'avais déjà accepté d'y travailler, avec cet entrain, avec cet appétit imbécile que j'ai pour la nouveauté… c'est la maladie sexuelle.

– Formidable, avais-je répondu. Impeccable. Parfait.

Mais je mentais bien sûr, car je traduisais en silence et simultanément :… c'est la maladie humaine. Avantages, inconvénients. Misère.

Tous les sapins dorés

J'avais voyagé depuis le matin. Six heures de train au départ de Paris, deux heures d'attente à Pau, une heure de car entre les parois grises des montagnes, et une bonne demi-heure à tourner en rond, sur mes deux pieds et sous mon sac, avant de trouver le centre, posé à la frontière du village comme une verrue au bas du menton.

– Bonsoir, a dit Nadia en repoussant sa chaise et en se dressant à demi devant son couvert.

– Bonsoir, je me suis penchée vers elle, mon sac à dos a glissé au sol et nous nous sommes serré la main par-dessus les assiettes de soupe. Je viens pour l'article sur les vacances.

– Dites bonsoir, les enfants, a ordonné Nadia aux deux enfants qui étaient assis, l'un à côté et l'autre en face d'elle.

Simultanément, ils ont baissé la tête et levé les yeux, ce qui a donné à leurs regards une grâce nippone.

– Ils diront bonsoir tout à l'heure, ai-je lancé joyeusement pour mettre tout le monde à l'aise, mais ce n'était pas nécessaire, personne d'entre nous n'était mal à l'aise.

J'ai ajouté :

– Je peux m'asseoir avec vous ?

C'était une question de pure forme, mon couvert était posé à leur table, nous étions seuls au milieu du réfectoire.

– Allez-y, a aimablement proposé Nadia en me désignant ma place, exactement comme si elle m'invitait chez elle, et c'était en somme ce qu'elle était en train de faire, m'inviter chez elle.

J'ai fini de me débarrasser de mon sac à dos, je l'ai balancé à côté de nous, j'ai ôté ma veste et je me suis installée. J'ai tendu mon assiette à Nadia qui l'a remplie de la soupe orange dans laquelle j'ai émietté un morceau de pain.

– C'est bon, ai-je remarqué en regardant Nadia pardessus ma cuillère, comme si je la félicitais.

– Ah oui, a-t-elle acquiescé, mais elle n'avait pas l'air d'y accorder une si grande importance, elle était moins gourmande que moi peut-être, elle n'avait pas voyagé toute la journée.

Nous avions terminé nos desserts au chocolat, des mousses noires extraordinairement compactes, et nous nous apprêtions à entamer ceux des enfants qui avaient quitté la table depuis beau temps, quand Nadia a eu cette réflexion :

– Je veux bien vous en parler, moi, de ces vacances dans les Pyrénées, mais quoi dire ? J'aurais autant aimé parler de mon logement dans le Nord. Là-dessus, sur le logement, je peux vous en raconter des choses. Enfin…

Elle souriait, on entendait les enfants brailler à pleins poumons dans le hall voisin. À en juger d'après l'intensité des cris, ils devaient s'amuser follement.

– Oh, ai-je dit, laissons tomber les vacances, les

vacances dans un sens quelle importance, parlez-moi plutôt de cette histoire de logement.

Voilà comment nous nous sommes rencontrées, Nadia Amrane (qui ne porte pas ici son vrai nom) et moi-même qui suis en train d'écrire, à propos de ces quelques jours que nous avons passés ensemble, à la fin du mois de février, dans un centre de vacances familiales, au fond de la vallée de l'Ossau.

Plus tard, il faisait nuit noire et, percée par le froid aigre, j'avais remis ma veste, nous sommes allées au bar où des adolescents buvaient de la bière en jouant au billard. J'ai demandé un café pour moi, un tilleul menthe pour Nadia. Face à face nous nous sommes assises, tranquilles. Bivouaquant au milieu du désert, nous n'aurions pas été plus solitaires, libres de parler à voix haute car personne ne nous entendait, personne ne s'intéressait à nous.

— Ce sont des colos, a expliqué Nadia en désignant d'un mouvement de la tête quelques jeunes filles attroupées autour d'un cendrier. Et lâche-moi un peu Jessica, je t'ai dit non, c'est non.

— Tu es méchante, a dit Jessica mais elle n'a pas lâché le bras de sa mère, au contraire, elle s'est pendue à sa manche et elle a glissé la main dans ses poches.

— Ça suffit Jessica. Je t'ai déjà donné tout à l'heure.

J'ai sorti mon porte-monnaie et j'ai donné des pièces à Jessica pour qu'elle achète des bagues et des bonbons. Comme je m'y attendais, l'un des distributeurs automatiques, celui des bagues, s'est coincé, il a gardé la pièce dans sa mâchoire de fer. Mais l'autre a vomi une pleine poignée de pastilles de couleurs éclatantes.

– Moi aussi, moi aussi, a réclamé Jean.

Je l'ai accompagné et j'ai tenu sa petite main ouverte sous la gueule de la machine. Quand je n'ai plus eu de pièce, nous avons partagé, les bonbons étaient acidulés, ils laissaient sur la langue le goût tenace et fruité des sucreries industrielles.

– Tu as quel âge ? ai-je demandé à Jessica.

– Sept ans.

– Tu es en CP ?

Elle a acquiescé en souriant, et comme je n'avais pas d'autre question à lui poser, elle est retournée courir et crier dans le hall, entraînant son frère derrière elle, son petit frère qui avait quatre ans.

– Est-ce qu'il n'est pas fatigant d'être toujours avec ses enfants ? Est-ce que vous ne rêvez pas de moments qui n'appartiendraient qu'à vous ? ai-je demandé à Nadia.

Elle m'a regardée sans répondre, comme si elle ne comprenait pas ma question. Quand elle a fini par admettre qu'elle avait bien entendu ce que je venais de lui dire, elle a eu l'air triste. Je crois que c'était ma question qui la chagrinait.

– Je veux toujours être avec mes enfants, a-t-elle dit et sa voix était sans réserve, parce que je les ai tellement voulus et maintenant qu'ils sont là je travaille tout le temps, alors en vacances pourquoi je voudrais les quitter ? Pourquoi ?

Il était presque dix heures quand nous avons regagné nos appartements, elle courant derrière ses enfants, moi traînant mon sac, la pluie impitoyable tombait toujours sur le sol détrempé.

« Monsieur le maire, ai-je écrit dans ma tête le soir même, alors que je me gelais dans mon appartement, recroquevillée sous un tas de couvertures, incapable de dormir, alertée par l'exaspération, monsieur le maire donc, monsieur le préfet, monsieur le ministre, il est urgent de reloger Nadia Amrane et ses deux enfants.»

– Au départ, j'habitais Wasquehal, c'est moi qui ai voulu déménager, m'avait dit Nadia en tournant une cuillère mélancolique dans l'eau jaune de son infusion. À cause des transports, pour être plus près de l'hôpital, où je travaille.

«Monsieur le maire, préfet, ministre, vous n'êtes pas sans savoir que moins les emplois sont qualifiés, plus les horaires sont contraignants (tôt le matin, tard le soir, et week-ends travaillés), ce qui crée, pour cette partie de la population qui ne possède pas de voiture individuelle, d'importants problèmes de transport.»

– Tu n'as pas de voiture? avais-je demandé à Nadia (notre amitié évoluant au cours de la soirée, nous avions décidé, par simplicité, de nous tutoyer).

– Revendue avec la télé, pour rembourser la banque.

– Rembourser quoi? (je faisais mine de m'étonner mais je le savais bien, que l'argent qui manque on finit par l'emprunter).

– C'est la banque qui m'a poussée, quand j'ai pris un congé parental pour Jean. D'abord je ne me suis pas rendu compte, après c'était trop tard. Enfin bref, j'étais à pinces, j'ai demandé un logement, je l'ai eu. C'était Pérenchies.

– Pérenchies... ai-je répété et j'ai hoché longuement la tête parce que Pérenchies, il faut y être passé pour savoir comme c'est triste. Plat et triste.

«Messieurs, habiter Pérenchies, passe encore, tout le monde ne peut pas vivre au paradis. Mais quel vice a saisi l'administration souveraine pour qu'elle colle une mère seule chargée de deux enfants dans un immeuble particulièrement chahuté de la cité de l'Escaut ? »

– C'était le trafic dans l'escalier, les boîtes aux lettres brûlées, la fumée qui entre tout au fond de l'appartement, et le bruit à longueur de nuit. Les grosses voitures qui passent et repassent, les cris, et même les coups de feu, au début je croyais que c'était dans la télé des voisins, mais non c'était en bas de chez nous.

« Madame Amrane a porté plainte, elle a été menacée, insultée, bousculée devant ses enfants. Poursuivie aussi sur le trajet qui mène à son travail et qu'elle effectue à pied, à l'aube ou à la nuit tombée. »

– Quand je suis arrivée dans la cité, ceux qui vivent là m'ont conseillé de me taire, pour éviter les ennuis. Comme s'ils ne les avaient pas déjà, les ennuis. Mais moi je me suis défendue. Il en faut des gens qui se défendent, pour que la police puisse intervenir. Alors, parfois, je me dis qu'ils se sont servis de moi : ils m'ont mise à l'Escaut parce que je ne me laisse pas faire. Et maintenant que j'ai fait ce qu'il fallait, ils me lâchent.

« Messieurs, voilà deux ans que Nadia Amrane habite cité de l'Escaut. Outre les dommages personnels (dépression, prise de poids), sa vie familiale est désorganisée : elle peine à faire garder ses enfants, étant donné le climat d'insécurité qui règne dans son immeuble. »

– Dans un sens, ça te va bien d'être ronde, ai-je remarqué, je crois que c'est son visage qui me plaisait tant, elle ressemblait à ma tante Nono, celle qui est ronde, habite Croix et ne part jamais en vacances. Tu ne fais pas ton âge.

– C'est vrai, a-t-elle admis, il n'y avait dans sa réponse aucune coquetterie.

« Monsieur le maire, préfet, ministre, où dormez-vous cette nuit, qui s'occupe de vos enfants quand vous travaillez, quelles relations entretenez-vous avec votre voisinage, quand avez-vous été frappé pour la dernière fois ? »

J'en avais assez de cette lettre, les mots formaient des essaims dans ma tête, j'en avais écrit suffisamment dans ma vie des lettres qui ne servent à rien à des gens qui s'en moquent. Alors j'ai rallumé la lampe de chevet et j'ai pris un livre. Je n'entendais plus la pluie dehors, mes pieds avaient eu si froid qu'ils s'étaient peut-être détachés de mon corps (en tout cas, nous avions rompu, je n'en avais plus de nouvelles), et j'étais éveillée comme au premier jour du monde.

Au matin, les flocons s'accrochaient aux vêtements, aux cheveux, et la neige nappait le sol. Comme la pluie de la veille dont elle était la fille épaisse, elle ne cessait de tomber, on ne savait pas si elle venait du ciel ou si elle s'inventait d'elle-même dans les tourbillons du jour.

Je m'ennuyais au réfectoire, Nadia n'était pas à notre table, je suis restée seule un moment devant mon bol de café.

Je l'ai trouvée dans son appartement, attablée avec Jessica et Jean devant des bols de céréales. Elle était restée chez elle, il ne s'était trouvé personne pour lui dire que la demi-pension inclut le petit déjeuner. Comme si c'était un savoir qui nous vient à la naissance, un instinct venu à l'homme des temps obscurs, que la demi-pension comprend aussi le petit déjeuner.

– Je te jure que le petit déjeuner est compris, ai-je dit à Nadia mais elle ne me croyait pas, elle était réticente.

Comme j'insistais, elle m'a suivie, je voyais bien qu'elle n'était pas tranquille.

Quand elle a été rassurée, et en échange de ce café chaud dont elle venait de boire son bol, elle m'a donné le moyen de monter dans la montagne. Il suffisait de s'agglutiner aux groupes des adolescents au moment où ils grimpaient dans le car. La voyant sans voiture, désemparée la veille dans le village silencieux, le chauffeur lui avait proposé de l'emmener. Si je voulais, je pouvais me joindre à eux. J'ai remercié, je voulais, bien sûr, qu'est-ce que j'aurais fait toute seule de toutes ces heures inutiles, enfermée dans le centre déserté, planté comme une soucoupe au beau milieu de la vallée ?

— Tous les sapins dorés, a dit Jean, le nez collé à la vitre.

Je me suis penchée, j'ai posé mon visage au-dessus du sien. Nos souffles confondus dessinaient sur le verre un grand halo tremblant. J'ai cherché l'or parmi les arbres blancs accrochés au flanc de la montagne mais je n'ai rien vu. Il a répété :

— Tous les sapins dorés.

— Jean parle beaucoup, avait expliqué Nadia alors que nous embarquions, il parle depuis qu'il a dix-huit mois : il a commencé et il n'a plus jamais arrêté. Il m'inquiète, car les gens le prennent en grippe, les instituteurs, les animateurs, un enfant qui n'arrête pas de parler, qui a la patience ?

— Je n'aime pas les gens qui se taisent, lui avais-je répondu en prenant place à côté de lui sur la banquette écossaise. Ce n'est pas parler qui me plaît, à moi, c'est écouter.

Nadia avait haussé les épaules avec une moue incrédule, elle me laissait la responsabilité de mes choix. Elle avait assis Jessica sur la banquette avant et elle se tenait, elle, debout, à côté du chauffeur. Des mouchoirs en papier plein les mains, elle essuyait sans trêve le pare-brise panoramique que la buée venait aussitôt recouvrir. De temps à autre, elle passait un Kleenex au chauffeur qui s'épongeait le front. Nous grimpions, à une lenteur terrifiante, une route étroite et lisse, les chaînes patinaient dans les virages. Le chauffeur se plaignait, Nadia n'en menait pas large, alors elle essuyait.

Moi j'écoutais Jean. Il avait entrepris de m'ensevelir sous une avalanche de propositions dont je ne comprenais pas le premier mot. Ce n'était pas qu'il manquât d'ordre, ou de logique. Mais il obéissait à une logique tout intérieure, articulée par une syntaxe qui consistait notamment à traiter par le mépris des lambeaux de récit, soit qu'il les jugeât inutiles, soit qu'il estimât superflu de répéter ce qu'il avait déjà donné à entendre plus haut, plus loin, avant. Je me laissais bercer, séduite presque enchantée, quand j'ai alpagué, flottant sur les syllabes, un radeau chargé de sens.

– Le Père Noël fait la sieste, a-t-il dit soudain, et c'est le mot Noël qui m'a éclairée.

– Jean, ai-je demandé, les sapins dorés ce sont les sapins de Noël ?

Il a levé sa face ronde vers moi, il m'a regardée de coin, il a plissé ses yeux rieurs, il les a écarquillés en jouant du sourcil, il a souri de toutes ses petites dents carrées. Tous les mots ont pris une forme, ils ont trouvé leur place et c'était beau comme de voir le monde sortir du chaos : les sapins dorés étaient les sapins de Noël, que décorait pour nous la neige qui faisait crouler les branches, rappelant les guirlandes et tout cet or qui pare, orne et enchâsse Noël. Ils étaient dorés parce qu'il neigeait, et que la neige est le manteau scintillant de Noël. Ils étaient dorés parce qu'ils étaient blancs.

– Les chiens gentils, les chiens méchants, les chiens gentils-méchants, a dit Jean, en voyant claudiquer un vieux berger sur le bas-côté de la route.

Je n'ai rien demandé, il suffisait d'attendre que le miracle se reproduise, que le sens se révèle. Et puis je me doutais de ce qui allait venir, car j'avais vu la veille, sur l'épaule de Jessica, la morsure ronde aux piqûres vertes et bleues, imprimée dans la chair par le chien d'un couple d'amis. « Ce n'est pas qu'il est méchant, avait argumenté sa maîtresse, mais il est vieux, il craint les enfants, alors il faut le comprendre, il pince. » Au bout du compte, personne n'en voulait à ce chien, d'avoir mordu Jessica, ni ses maîtres ni ses victimes, et Nadia hochait la tête d'un air désolé : « Elle a dit "pincer", encore heureux qu'il ne l'a pas mordue. »

– Les méchants ont attaqué ma maman, a lancé Jean. Puis il a regardé devant lui, longuement.

Je ne savais que répondre alors je me suis tue. Il ne m'en a pas tenu rigueur, sans doute n'avait-il pas besoin qu'on lui réponde, nous savions tous les deux à quoi nous en tenir. Plus tard, il a ajouté avec une chaude satisfaction :

– La nouvelle maison.

J'ai cherché la maison des yeux, je ne l'ai pas vue, il n'y avait autour de nous que des arbres blancs, des roches et des torrents étincelants.

– La nouvelle maison de maman.

À nouveau il s'est tourné vers moi, il se frottait les

mains. Ses yeux ravis ont rencontré mes yeux effarés et j'ai été au désespoir de le comprendre : ce gamin pensait qu'il avait déménagé. Cette nouvelle maison qu'avait promise sa mère, entourée d'un jardin où les enfants peuvent jouer, elle l'avait obtenue. Nous avions voyagé longtemps, eux trois, et moi qui les avais rejoints, nous avions pris le train, nous avions charrié nos sacs, nous avions fait preuve de patience et d'endurance. Enfin nous étions récompensés car nous étions arrivés : à la maison, au pays des sapins dorés.

J'ai voulu le prévenir, j'ai voulu le décevoir. Parce que j'avais quarante ans de plus que lui et que je savais d'expérience que la déception se supporte mieux quand elle est encore jeune.

– Ce sont juste les vacances mon gars, ai-je dit en affectant une voix entraînante, en la chargeant d'accents de confiance qui la faisaient dérailler. Et à la fin des vacances, il faut rentrer chez soi.

Il rigolait. Je ne l'intéressais pas du tout.

– Dans trois jours, la fin des vacances, tu comprends ?

Je pouvais insister, il avait recommencé à parler. Et cette fois, dans la mélopée, il était impossible de reconnaître un traître mot. Je n'avais à m'en prendre qu'à moi. À sa place, je ne me serais pas intéressée non plus. Si c'était pour tout gâcher, certainement, j'aurais mieux fait de me taire.

Le car poursuivait son ascension héroïque. J'écoutais moins Jean maintenant que la cassette que les adolescents avaient fourrée dans la radio du car. Environné d'un sample de violons, un jeune homme scandait : « Si tu croyais, hein, si tu croyais, hein, changer le monde d'un coup de crayon. »

Penché à mi-corps sur son volant, le visage collé au pare-brise, notre chauffeur grommelait, il avait honte de la France, honte de la France, honte de la France, c'était ce qu'il répétait avec moins de rythme mais autant de constance que le jeune homme qui psalmodiait dans les baffles. Mais ce n'était pas la musique qu'il stigmatisait, ni la jeunesse bruyante, c'était les routes des Pyrénées, mal entretenues et insuffisamment déneigées. Il a fini par éjecter la cassette parce qu'il ne pouvait tout endurer à la fois, la route glissante qui l'inquiétait et les gémissements des violons qui lui sciaient le crâne.

– Il s'appelle comment, le groupe ? ai-je demandé à une jeune fille vacillante qui remontait l'allée centrale en s'accrochant aux dossiers de nos sièges.

– Snow Hill Impact.

J'ai pensé que j'achèterai le disque, une fois de retour chez moi, qu'il serait mon souvenir de vacances.

– Sans voiture, ici, on n'est pas grand-chose, a déclaré le chauffeur quand nous sommes sortis du car.

Il regardait ses passagers descendre, nous étions sa charge d'âmes, il semblait fier et heureux de nous avoir amenés au port.

– Trop de responsabilités, a-t-il remarqué. Dans le métier, on vieillit vite.

La neige tombait toujours, c'était une stupéfaction maintenant, cet acharnement de coton.

– On repart dans deux heures, a-t-il prévenu.

Les jeunes ont râlé mais c'était pour la forme. Eux, nous, tout le monde craignait le soir, le gel et la descente.

Quand Nadia la dernière a descendu les marches, il a tendu vers elle une main tannée qu'elle a prise avec simplicité. Il s'est approché, il a chuchoté à son oreille, il voulait l'inviter à prendre l'apéritif. Elle a éludé, elle avait un sourire un peu fané, un sourire las et embarrassé.

– Le café alors, vous ne pouvez pas refuser le café…
– On verra.

Elle ne voulait pas le fâcher. Mais elle ne pouvait pas être gentille tout le temps et avec tout le monde, non, elle avait assez de ses deux gosses pour s'occuper, elle n'avait pas que ça à faire d'écouter les fredaines et les compliments.

Là-haut, tout en haut de la montagne, les sommets formaient une cuvette aux pentes douces où glissaient les skieurs. La station nichait au fond, ses immeubles couleur de poussière, sa dalle bétonnée, ses commerces tapageurs, ses cafés, ses remonte-pentes.

– Ce sont ces amis, ceux qui ont le chien, qui ont prêté les vêtements, disait Nadia tandis que nous avancions sur le sol meuble. La femme tient une friperie, ils ont déniché des combinaisons pour les gosses, et ce pantalon pour moi mais regarde-moi ça (elle relevait son pull), la glissière ferme mal. Les skis, je les loue, le centre fait des tarifs, j'ai des bons de réduction, six euros les skis, deux euros la luge. Le forfait aussi, je l'ai pour moins cher. Non, ce qui coûte vraiment c'est la leçon de ski, j'en ai pris une hier, vingt-huit euros, je ne dis pas que c'est trop mais ça fait une somme.

Ils étaient loin devant nous, Jessica et Jean, ils couraient chez le loueur, Jessica voulait des bâtons cette fois et Jean une luge.

– Le moniteur était très aimable mais j'ai pensé que ce n'était pas la peine de reprendre une leçon, on se débrouillera entre nous.

– Je ne peux pas t'aider, ai-je précisé, je ne skie pas. Quand j'étais gosse, nous n'allions pas à la neige, et après je n'ai pas tellement eu l'occasion.

– Je serais toi, j'essaierais, ce n'est pas si difficile. Tu peux me croire, j'en ai fait deux fois quand j'étais jeune, on s'en sort.

Je me suis défendue.

– Non non, je vais boire un thé, je désignais, au pied des remonte-pentes, un grand café dont les baies donnaient sur les pistes. Je vous attendrai, je garderai ton sac.

Je les ai regardés se diriger vers la nappe de neige que mouchetaient les silhouettes fluorescentes. Ils étaient très beaux ensemble tous les trois, ils composaient un tableau simple et charmant, leurs joues de framboise écrasée et leurs cheveux saupoudrés de sucre.

– Pour finir je ne suis descendue qu'une fois, a remarqué Nadia quand elle est revenue, elle portait ses skis sur ses épaules. Je me suis occupée des petits.

J'avais trouvé à la boulangerie des pains aux raisins, moelleux et si larges qu'il semblait qu'ils ne cesseraient jamais de fondre sur la langue. Je les ai distribués et nos mains se sont instantanément couvertes de mélasse tiède.

Nous avons rendu les skis et nous sommes retournés vers le car. Sur le chemin, nous nous sommes arrêtés et nous avons pris des photos avec l'appareil de Nadia. J'ai porté Jean sur un bras, il était fatigué, il avait niché son visage dans le creux de mon cou. L'autre bras, je l'ai posé sur les épaules de Jessica qui se tenait très droite et regardait crânement l'objectif. Ensuite, c'était le tour de Nadia de poser entre ses enfants. J'ai été contente de prendre cette photo, elle était comme un résumé de l'amour et je l'avais saisi dans mon regard.

– Mes yeux brillent, m'a dit Jessica quand nous sommes remontées dans le car. Ils brillent très fort.

Je me suis penchée vers son visage.

– De ma vie je n'ai jamais rencontré d'yeux qui brillent autant. C'est tout simplement extraordinaire.

– Oui, a-t-elle convenu. Je te dirais que les tiens brillent aussi. Moins quand même, mais un peu.

Nous sommes arrivés à temps devant le car, moi la première qui tenais dans la mienne la main de Jessica, Nadia derrière nous qui s'était arrêtée un instant pour acheter à Jean un œuf en chocolat.

Du jour sur le lendemain, nous en avions fait une routine : nous nous retrouvions, après le dîner, devant un café et une infusion, distraites par les enfants qui tournaient autour de nous en demandant des pièces, de petites pièces, vingt centimes, cinquante centimes, un euro, ou je les prends dans ta poche.

Nadia les regardait courir et tempêter, elle avait de petits sourires désarmés et vaincus, de petits soupirs épuisés de fierté et de sollicitude. Là-dessus, les enfants poussaient comme des plants d'ortie, ils étaient lestes et vigoureux, ils avaient pour elle beaucoup de tendresse et pas un sou de reconnaissance.

– Jessica apprend à lire ? ai-je demandé à Nadia.

Je voulais célébrer avec elle l'attention et la patience de la petite fille qui avait joué avec mon ordinateur toute la fin de l'après-midi. Elle y mettait du soin et de la minutie et mémorisait à l'instant sur le clavier les fonctions de la machine.

– Justement, a fait Nadia, c'est tout le souci. Elle

n'a pas réussi le CP et la maîtresse de l'élémentaire veut m'envoyer chez l'orthophoniste.

– Mais elle m'a dit hier qu'elle était en CP…

Nadia a haussé les épaules.

– Elle ne veut pas en parler. C'est peut-être à cause du logement, toutes ces difficultés. Ils ont eu des problèmes de sommeil, ils ont fait des cauchemars.

– Elle devrait savoir lire, ai-je insisté. Elle est rapide, concentrée, intelligente.

– C'est gentil. En tout cas elle sait compter. Avec les chiffres, elle n'a pas de problème. Elle croit que c'est un jeu.

Parler du gâchis scolaire me ronge, alors j'ai voulu bifurquer. J'ai suivi Nadia qui parlait de l'enfance, et de la jeunesse. Lorsque ses yeux se sont remplis de larmes elle s'est interrompue.

– Pardon, ai-je dit, je ne voulais pas.

– C'est moi, a-t-elle répondu en glissant la paume sur ses paupières. J'ai beau vieillir, il y a des choses qui ne passent pas.

Alors nous en sommes revenues au présent, à l'aujourd'hui du travail et de la famille, elle n'avait pas la vie facile, c'était à mon tour de sentir l'eau me monter aux yeux, Jessica aurait été fière de moi, ils brillaient enfin.

– Il y a une chose appréciable, dans les vacances, a remarqué Nadia. Et ce sont les rencontres.

Je l'ai approuvée, nous passions ensemble de bons moments, nos émotions mêmes étaient douces et sans amertume, mais il était déjà presque dix heures. Jean sommeillait sur mes genoux. Il était temps d'aller dormir.

Elle a laissé son adresse dans mon carnet Clairefontaine. Je lui ai fait promettre que nous nous reverrions.

J'ai embrassé Jessica et Jean, j'ai hissé mon sac sur mon dos.

– Je suis contente d'avoir fait ta connaissance, ai-je dit, je gardais la porte de son appartement ouverte, je ne me résolvais pas à partir.

– Moi aussi, a-t-elle répondu. Allez on s'embrasse.

Nous nous sommes embrassées, je basculais sous le poids du sac, je me suis agrippée à ses épaules.

– Tu pars ce soir ?

– Par le train de nuit, ce sera plus facile, avec les enfants.

J'ai hoché la tête, lâché la porte et je m'en allais enfin quand elle m'a hélée :

– Sur les vacances, ce truc que tu dois écrire, je ne vois toujours pas ce que tu peux raconter…

Les bretelles de mon sac me sciaient le cou alors je n'ai pas répondu. J'ai tourné la tête vers elle et je lui ai souri. Sur le seuil, elle faisait un signe d'adieu.

La fête de l'Indépendance

Quand il reçut sa nomination pour Paris, Stéphane Moulinot s'exerça à respirer profondément. Il estimait qu'une bonne respiration permet de prendre de la distance avec les épreuves. Qu'elle vous ramène à vous, et vous console. Qu'elle introduit à la méditation. À part méditer, Stéphane Moulinot ne voyait pas bien ce qu'il y ferait, à Paris, si ce n'est travailler, ce qui n'ouvre jamais qu'une parenthèse dans l'existence et laisse offerte au désordre et à la tristesse une quantité toujours renouvelée d'heures fragiles et tendres.

Envisageant sa vie loin des siens, de ses amis de classe, des rues où il avait grandi, Stéphane Moulinot s'était ainsi préparé à souffrir. Mais il n'avait pas prévu Paris si grand, ni lui-même si petit. Il fut douloureusement surpris par l'intensité de sa peine, et le caractère irrémédiable de sa solitude.

Sans l'espérer vraiment, il s'était imaginé qu'il trouverait des alliés, sinon des amis, parmi ses collègues de travail. Il avait rêvé aussi d'une fille. Une fille à son image, jeune, sensible et mal à l'aise, qui saurait le guider si elle était parisienne, qu'il pourrait rassurer si elle était, comme lui, déracinée. Il la voyait, selon les soirs, très jolie et les yeux pleins de larmes, ou dotée du charme pugnace des presque moches. Il comptait sur elle. Son absence fut un choc. Il n'était pas sitôt arrivé qu'il dut prendre le deuil.

Le bureau de Paris 14e était un petit bureau, sis dans un quartier tranquille, où l'on se disait heureux d'être affecté quand on avait connu, comme d'autres, les champs de bataille de Paris 19e, Paris 20e, et je vous passe La Courneuve ou Bobigny. On le vit arriver avec stupeur : qu'avait-il fait, celui-là, pour mériter Paris 14e ? Quel piston honteux ? On le soupçonna. On le bouda. Enfin, on l'interrogea. Et quand il fut bien clair que cette affectation devait tout au hasard, on le laissa tranquille. Il ne se trouva que le receveur pour se pencher sur lui, un soir qu'il était resté au bureau plus tard que les autres, son grand corps indécis voûté sur un casier.

– Qu'est-ce que tu fous encore là ? avait grommelé le receveur qui était, lui, sur le départ.

– Rien, avait répondu Stéphane Moulinot, et, quand il s'est redressé, il pleurait.

Le receveur considéra qu'il était inhabituel de pleurer, surtout à l'heure de la sortie, aux premiers jours du printemps, quand on a vingt ans à peine et toute la vie devant soi. Il regarda sa montre et invita Stéphane Moulinot à prendre un café avec lui, au bar d'en face. Stéphane se dit que, là où il était né, un jeune homme qui pleure, on l'invite à dîner en famille. Mais il se souvint qu'il était à Paris, où les gens sont occupés, et il répondit oui, merci bien Maurice, avec plaisir, je me sens un peu seul ici, je n'ai pas encore l'habitude.

Maurice détacha sa montre de son poignet et la posa sur la table, il ne tenait pas à louper son train. Puis il conseilla au garçon de s'installer dans un foyer, où il ferait des connaissances.

– Mais j'ai un studio près de la gare du Nord, objecta Stéphane.

Maurice haussa les épaules, régla les cafés, et conseilla à Stéphane de faire preuve de force d'âme et d'ouverture d'esprit.

– Des jeunes qui quittent leur pays pour débuter à Paris, il en faut, dit-il. Tous les vieux demandent leur mutation. Comment tu veux qu'elle fasse, l'administration ? C'est pareil pour tout le monde, les flics et les postiers, les instits et les gars des Impôts. Tu n'es pas si mal tombé. Et puis tu as un boulot, penses-y.

Maurice passa le mot. Le lendemain, Stéphane fut invité à partager une table à la cantine. À prendre le café. On lui annonça des invitations à déjeuner le dimanche, en été, quand les jardins seraient en fleurs. Tu monteras dans le RER à Denfert, changement à Châtelet, trente-sept minutes porte à porte. Tu verras les enfants.

Il y eut assaut de promesses. Aucune n'avait moins de quarante ans. Stéphane Moulinot, qui était déprimé, fut désespéré.

Parce qu'il était jeune et qu'il ne savait pas s'y prendre, il résolut de se faire Parisien. Puisqu'il semblait déraisonnable d'espérer des connaissances humaines, il décida d'apprivoiser la ville. Il se fit une règle de revenir chez lui à pied, en variant les itinéraires. La distance n'était jamais si longue. Il espérait qu'un peu d'exercice physique l'aiderait à dormir la nuit, ce qui vaut toujours mieux que de regarder la télé, collé à l'écran, écrasant le son jusqu'au minimum pour ne pas troubler ses voisins. Marchant, il s'effarait que, dans une ville aussi peuplée, sur des trottoirs où se pressaient tant de gens, il ne se trouve pas un visage ami. Pas un regard pour croiser le sien. Il en voyait, lui, des gens qu'il aurait pu connaître. Des jeunes gens et des jeunes filles, qui allaient, seuls ou en groupe, vers des endroits où ils étaient attendus. Il les regardait avec avidité, il les regardait avec des yeux d'affamé. Il les admirait, il les enviait. Il était du mauvais côté du monde.

Mais le vendredi soir, il prenait le métro. Il courait, son sac en bandoulière, sous la verrière de la gare du Nord. Il compostait, il sautait dans le train qui partait déjà. Il n'était pas aussitôt assis que le temps se mettait à gonfler comme une pâte qui lève. Il fermait les yeux, il somnolait, il oubliait. Le train lui mangeait une bonne partie de son salaire. Quelle importance ? Il était de retour chez les vivants. Pour deux jours.

– Va au cinéma, Stéphane, lui disait sa mère qui s'inquiétait.

– Fais du sport, lui disait Denis qui préparait, à la fac, le concours de l'IUFM.

– J'y pense, répondait Stéphane.

Alors, le samedi, il prenait la voiture qu'il remplissait de vieux amis, et il allait au cinéma. À Lille. Et le dimanche, s'il ne s'était pas couché trop tard, il courait autour du parc, jusqu'à en devenir violet. Le soir arrivait. Stéphane reprenait le train, échouait gare du Nord, imaginait sa semaine, respirait un grand coup et plongeait en apnée.

– Alors, mon gars, Paris ? lui demandait son grand-père qui y avait passé trois jours, en 1967.

Stéphane souriait avantageusement.

– Une belle ville, grand-père.

– Tu vois ! Je te l'avais bien dit, disait le vieil homme avec satisfaction.

L'heure étant passée à l'été, les journées se firent plus longues, les nuits interminables. Des brises chargées de pollen se mirent à courir les boulevards. Stéphane fut pris par l'allergie, il eut le nez rouge, il éternua. Il fut saisi de désirs indistincts et de rêves de changement. Il décida de rester à Paris un week-end sur deux. Il annonça la nouvelle à sa mère qui parut soulagée.

Les premières fois, Stéphane marcha beaucoup, oublia de se nourrir et versa dans la mélancolie. Il prit son studio en grippe. Il repoussait sans cesse le moment d'y revenir. Il aurait aimé dormir dehors, sur les quais, dans un parc. À force, il divaguait.

Un samedi d'errance, alors qu'il était tout engourdi par la tristesse, ses pas, d'eux-mêmes, le menèrent à la gare du Nord. Il hésita un instant à prendre un dernier train grande ligne et à débarquer chez lui par surprise. Mais il n'avait pas la force des surprises. Il renonça. Remontant le hall vers le faubourg Saint-Denis, il s'arrêta au guichet de la gare RER. Il prit un billet au hasard.

– Saint-Denis, demanda-t-il, par amitié pour son ami Denis qui était probablement, à cette heure, assis dans une salle de cinéma à Lille.

C'est en patientant sur le quai 41 qu'il comprit que, de Paris qu'il avait si bien arpenté, longeant les rues ravissantes et les façades des monuments, il n'avait vu que la surface. Rien ne ressemblait moins à la rue de Daguerre que le quai 41. Parce que c'était le printemps et qu'il rêvait de voyages, Stéphane Moulinot se dit : «Je suis à New York», et il acheta un sachet de cacahuètes à un vendeur indien qui tenait échoppe sur un carton branlant.

Plus tard, il gagna le second étage du train et s'enfonça dans le tunnel noir. Il ne s'était pas passé plus de quelques minutes quand il revint au jour, mais le jeune homme sut immédiatement qu'il venait de changer de monde. Peu de frontières sont aussi perceptibles que celles qui séparent Paris de sa banlieue. À l'architecture dense, aux hauteurs accordées, aux coloris unis, à la ville harmonieuse et frigide, avait succédé un désordre extravagant de friches, d'ensembles et de pavillons, de chantiers mal finis, d'habitats anarchiques et de ruines industrielles. Assis làhaut, les yeux à la vitre, Stéphane se sentait très heureux. Il était comme un homme qui vient d'ouvrir lui-même les portes de sa prison. Un instant, il regretta de n'avoir pas choisi un trajet plus long.

À Saint-Denis, il se laissa porter par le flot des voyageurs jusqu'à la petite place plantée d'arbres et que baignait une généreuse odeur de friture. La nuit tombait, personne ne s'attardait sous les enseignes vivement colorées d'un restaurant qui promettait toutes les cuisines du monde, *à emporter sur demande*. On voyait s'affairer de petits groupes autour des voitures garées sur le parking, mais il s'agissait de commerces privés.

Stéphane traversa la place avec ses compagnons de voyage, du même pas pressé. C'est ainsi qu'il se retrouva à prendre le tram, en direction de Bobigny.

La nostalgie le saisit comme un bâillement. Elle lui étira le corps, elle le remplit de songes. Des trams, il en avait pris toute son enfance, pour aller jusqu'à Lille, et sur la côte belge où il passait ses vacances. Il ne se sentait plus si étranger, d'un coup. Traversant la ville noire, changeante et presque déserte, curieusement il se savait chez lui.

Levant le nez jusqu'au plan affiché au-dessus de la porte, il se choisit une destination, pas trop éloignée de sa gare, pas trop proche non plus. Cosmonautes. Il s'arrêterait à Cosmonautes, regrettant que l'arrêt ne s'appelle pas Spoutnik, ce qui lui aurait plu aussi, et peut-être davantage. À Cosmonautes, il ferait demi-tour. Il prendrait le tram en sens inverse. Ce qui n'était pas si triste car Stéphane Moulinot se promettait de revenir, à la basilique pourquoi pas, ou plus sûrement au marché que vantaient les affiches placardées aux arrêts (marché les mardi, vendredi et dimanche). Il mit un tel soin à observer la ville qui défilait par les fenêtres du tram qu'il ne pensa pas à s'intéresser à ses compagnons de voyage. Il ne vit pas la jeune femme aux cheveux très courts qui était assise en face de lui et qui le dévisageait, elle, sans gêne. Quand le tram fit halte à Cosmonautes, il se leva et sortit. Elle descendit derrière lui. Il ne s'aperçut de sa présence que lorsqu'ils furent côte à côte sous l'abri, le nez sur le plan du quartier.

Cosmonautes. Un ensemble de barres d'habitation de différentes hauteurs, plantées en labyrinthe de part et d'autre de la route, et que voisinaient un stade désert et un supermarché au rideau de fer baissé. Il n'y avait, à Cosmonautes, ni café ni restaurant, rien que la nuit dans laquelle filaient quelques silhouettes chargées de sacs et d'enfants.

– Je cherche la rue Virgil-Grisson, dit la jeune femme.

Elle avait le visage plein, le teint clair, les yeux verts et ronds.

– Oui, fit Stéphane Moulinot. Vous avez un joli accent.

Mis en confiance par l'obscurité, il se sentait l'âme brave et liante d'un explorateur.

– Je suis anglaise, consentit la jeune femme. Vous allez à la fête, n'est-ce pas ?

– Je ne sais pas, répondit Stéphane Moulinot, pris de court.

– Il ne faut pas renoncer maintenant, fit l'Anglaise, nous sommes presque arrivés.

– Je peux au moins vous accompagner, proposa Stéphane Moulinot. Ce sera plus prudent.

C'est ainsi qu'ils traversèrent la route et s'engagèrent dans les allées que sillonnaient quelques mobylettes. Ils marchèrent un moment, la rue Virgil-Grisson était introuvable. Ils allaient s'avouer perdus lorsqu'ils avisèrent trois donzelles, qui sortaient d'un porche d'immeuble sous lequel une dizaine de jeunes gens tenaient salon. Stéphane Moulinot se précipita. L'une d'elles offrit de les conduire, c'était à deux minutes, mais il fallait connaître, vous n'avez qu'à me suivre, pas la peine de remercier, c'est tout naturel, merci. Enfin, ils furent au pied de l'immeuble, sur la porte duquel une affichette s'excusait par avance auprès du voisinage du bruit que l'on ferait, dans la nuit du 29 avril, jour anniversaire de l'Indépendance de la Sierra Leone.

– Je vais vous laisser, dit Stéphane Moulinot à l'Anglaise qui sonnait à l'interphone.

– Pourquoi ?

– Je ne suis pas invité.

– Vous l'êtes, maintenant, fit-elle en lui prenant la main. Je dirai que vous êtes mon cousin.

Il hésita. Elle le regarda avec une ombre de suspicion.

– Vous me promettez de bien vous tenir ?

Il acquiesça, piqué.

– Je m'appelle Hélène, dit-elle en poussant la porte. Et mon ami s'appelle Sori. Il est Sierra-léonais. Entrez, l'Indépendance, c'est la plus jolie fête de toute l'année.

Cette nuit-là, Stéphane Moulinot mangea du poulet

au sel et au piment et dansa dans le salon des Bangura jusqu'à ce que les pieds lui brûlent. Il consola un bébé qui s'était réveillé et pleurait dans une chambre. Il nettoya le Coca qu'on avait renversé sur le sol de la cuisine. Il sympathisa avec Sori qui avait les dents de la chance, un bob, une chemise imprimée léopard, et qui semblait bien plus jeune qu'Hélène. Il fuma une cigarette sur le balcon. Il se laissa courtiser par une jeune femme noire, puis par une jeune femme blanche, puis par une autre jeune femme noire. Il fut cinq heures du matin et il n'avait embrassé personne. Enfin, il s'accrocha à la farandole et, cette fois, il dansa au milieu du cercle sous les applaudissements.

Arriva le matin, sans qu'il l'ait vu venir. Il fallut se quitter. La plupart des convives remontèrent en voiture, ils partaient vers Melun, Villejuif, Le Bourget, Le Plessis-Trévise. Hélène et Sori avaient disparu. Stéphane Moulinot, que personne n'attendait chez lui, aida Catherine et Ousmane à ranger l'appartement. Il but un café, promit de revenir et partit à pas lents par le stade, vers l'arrêt du tram.

Il se coucha alors que la ville s'éveillait. Il sentait à peine sa fatigue. Les projets lui passaient par l'esprit, comme des papillons, agaçants et gracieux. Quand il s'endormit, il avait appris deux choses qui devaient faire de lui un autochtone beaucoup plus vite qu'il ne l'aurait imaginé : qu'un 29 avril, en exil, vaut bien un 14 juillet, et que Paris, il faut le savoir, c'est beaucoup plus que Paris.

Une question de géographie

Était-ce une affaire de génération ? Dans le monde dans lequel Carole avait été élevée, personne ne pratiquait la voile. Enfin, personne ne montait de son plein gré sur un bateau. Pour son plaisir. Il était arrivé que quelques personnes de son entourage soient amenées à voyager sur la mer. Mais il y avait une raison à cela, et une seule. On se rendait en Angleterre pour un voyage linguistique, et l'expérience n'était pas destinée à se répéter.

Soudain, le monde avait changé, il semblait que tout le monde dût embarquer. Les jeunes, qui faisaient du catamaran l'été, comme on aurait fait autrefois du vélo ou du poney (encore que le plus souvent on ne faisait rien du tout, on se baladait avec ses parents). Et puis les amis eux-mêmes, dont on apprenait un jour qu'ils avaient pratiqué dans leur jeunesse, qu'ils aimaient ça, qu'ils louaient des voiliers, à l'occasion, et considéraient comme une joie simple et naturelle le fait de monter dessus, pas pour une heure, non, mais pour des jours, parfois même pour la totalité des vacances.

— Penses-tu que c'est une question de classe sociale ? avait-elle demandé à son jeune mari, un jour qu'il l'avait traînée sur les pontons du port, pour admirer les bateaux de plaisance, rangés côte à côte le nez contre le bois, comme des vaches à la stabulation.

– Tu t'ennuies déjà ? avait répondu Paul en se tournant vers elle, son nez rougissait effroyablement, elle était en train de prendre un coup de soleil.

– Franchement, ce n'est pas que je m'ennuie déjà, car je m'ennuie tout court. Les bateaux, je m'en moque, comme des voitures ou des mobylettes, tu ne m'as jamais emmenée au Salon de l'auto, alors qu'est-ce qu'on fout sur ce ponton branlant, je te le demande, et j'ai un peu mal au cœur.

– Remonte si tu veux et attends-moi à la capitainerie, avait-il suggéré.

– Quoi, la capitainerie ? Il n'y a pas un bar là-haut ? Un bar de terre ? Pour les terriens ?

Ils n'avaient pas résolu cette fois-là la question des origines sociales de la plaisance, la question était restée en suspens, comme une pluie d'été au plafond des arbres. C'est lui qui y était revenu, plus tard dans la soirée. Sur le nez de sa jeune épouse, le coup de soleil avait imprimé des brillances rougeoyantes. C'était terrible, ce grand nez qu'elle avait, ce grand nez écarlate. Le Rimmel dont elle s'était tartiné les cils, qui bavait maintenant sur ses paupières, n'arrivait pas à en distraire l'attention. Il la regarda longuement qui curait un bigorneau. Elle fourrageait dans la coquille noire avec avidité, tenant la mince fourchette tout près des dents, les doigts serrés. Il se fit la réflexion que les manières à table étaient un critère de discrimination sociale, bien plus sûrement que la pratique de la voile. Il se reprocha instantanément ses pensées, se détestant plus profondément à mesure qu'elles se formaient en lui. Elle leva le nez de son assiette.

– À quoi tu penses ?

Il lui sourit. Elle lui rendit son sourire avec curiosité.

– Regarde-toi, avec ta fourchette en l'air et tes yeux fixes. On dirait que tu viens de voir sainte Rita. C'est ta question, sur la classe sociale…

– Quelle question ?

Elle était intriguée. Elle grimaçait. Mon Dieu, pourquoi grimaçait-elle toujours quand elle réfléchissait ?

– Celle que tu me posais tout à l'heure, sur le ponton. J'ai une réponse : ce n'est pas une question de classe sociale, c'est une question de géographie. À niveau social égal, quelqu'un qui est né à Brest a plus de chances de s'intéresser à la voile que quelqu'un qui est né à Longwy.

La Bretagne et la Lorraine lui paraissaient imparables. Elle rangeait les coquillages vides sur le bord de son assiette.

– Quelle réponse idiote. Je crois, moi, qu'entre le rejeton d'un baron de l'acier et celui d'un ouvrier de conserverie, celui qui fera de la voile cet été n'est pas celui que tu prétends.

Il haussa les épaules.

– Et moi, par exemple, moi ? Comment expliques-tu que j'aime ça ?

Elle le regarda avec des yeux déçus.

– Mon chéri, tu n'es pas né dans la rue. Et, en admettant même que tu aies grandi chez les pauvres, tu es Parisien. Or il se trouve qu'à Paris on pratique le brassage social. Jusqu'à un certain point, je te l'accorde. Mais quand même, jusqu'à la voile. Je te rappelle que je viens, moi, d'une région qui ne se distingue pas par son goût de la mixité. Je suis née trop bas. On ne naviguait pas, chez moi, comme on ne jouait pas au tennis.

Monter sur un bateau ou louer un court, ça ne serait venu à l'esprit de personne.

– Et voilà, une fois de plus. Tu extrapoles et tu systématises. Ça pouvait être brillant, et même drôle. Il se trouve qu'à la longue c'est lassant.

– C'est lassant pour les gens qui n'ont jamais rencontré de problème avec leur origine sociale. Je pense que ça reste drôle pour les autres.

– Très bien, dit-il en croisant méticuleusement les couverts sur le côté de son assiette, tout ça ne vaut pas une engueulade. Je te présente mes excuses pour être né là où je suis né et je propose un armistice pour ce soir.

– Les premières sont acceptées. Quant à la proposition… D'accord. On fait la paix.

Elle glissa la main sous la table et effleura son genou. L'encolure un peu lâche du pull dégringola sur son épaule nue. La frange épaisse et rousse balaya son front lisse. Même barbouillés de noir, ses yeux restaient remarquablement jolis, perspicaces et lumineux. Et de toute façon, flanquée ou non d'un gigantesque pif rouge, elle était sa femme. C'était une chose qu'il avait voulue et sur laquelle il n'y avait pas à revenir.

Il avait pris sa main dans la sienne et l'avait gardée bien serrée. Il l'avait guidée quand elle avait franchi la passerelle (un mètre, ou peut-être un mètre trente, de planche). Elle était montée à bord en vacillant, les jambes raides, pénétrée de la certitude d'être ridicule. Les amis de Paul l'avaient accueillie avec une sollicitude qu'elle avait trouvée suspecte, avant de la juger infecte. Elle n'était pas idiote au point d'ignorer le mépris quand elle le rencontrait.

Elle s'était assise et elle avait gardé le silence, avec

la plus grande fermeté, n'intervenant que lorsqu'on lui posait une question directe, sur ses succès universitaires ou son récent mariage. Elle trouvait les questions stupides, y répondait par monosyllabes, satisfaite de constater le malaise de Paul et l'embarras de ses amis. Rapidement, ils cessèrent de vouloir l'associer à la conversation et elle se laissa bercer par le mouvement presque insensible de la coque. Après quelques minutes, elle se sentit envahie par une fine – mais insistante – nausée. Elle pensa : « Les bourgeois me lèvent le cœur », mais c'était la mer qui l'affligeait, la mer et son lent balancement.

– Il y a quelque chose qui ne va pas ? s'inquiéta Paul, profitant que le couple était entré dans la cabine pour y chercher des verres.

– Je n'aime pas ces gens, répondit Carole. Je les hais, eux et leur bateau à la con.

– Mais qu'est-ce qu'ils t'ont fait ? Tu les avais trouvés sympathiques à Paris…

– Il faut croire que je m'étais trompée.

– C'est le bateau, n'est-ce pas ?

Il était penché sur elle, il la regardait avec des yeux pleins de tendresse.

– Peut-être, lâcha-t-elle enfin. Je n'aime pas sentir le sol bouger sous mes pieds, je n'aime pas ce qui tangue. J'ai besoin de m'appuyer sur des choses fermes et solides, le blanc et le noir, le jour et la nuit, les riches et les pauvres. Sinon, je suis désarmée, malade, et furieuse.

– Mais tu ne veux pas sortir du port, pousser jusqu'aux îles et revenir ? La mer est calme, ce sera une très jolie promenade.

– Jamais. Jamais enfermée sur ce truc avec ces gens.

– Tu n'as pas le pied marin, admit Paul, on va descendre. Le temps de boire un verre de Coca et je prends congé. Tu es contente ?

Personne n'eut l'air d'en vouloir à Carole quand Paul bredouilla qu'il était temps qu'ils s'en aillent, que la promenade était remise, à une prochaine fois, à une autre occasion, pardonnez-nous, merci. L'atmosphère était au soulagement.

Plus une fois, au cours de ces vacances passées en Bretagne, ils n'arpentèrent ensemble un ponton, ni ne montèrent sur un voilier. Ils s'arrêtèrent toujours au bord des grèves.

Assis face à la vitre du restaurant, Paul regardait la mer de loin tandis que Carole vidait bigorneaux et bulots.

Trois ans plus tard, Carole avait obtenu son agrégation d'économie et Paul avait demandé le divorce. Elle comptait retourner à Clermont-Ferrand où l'université lui proposait un poste de maître de conférences. Paul resterait à Paris où il n'était pas malheureux. Il lui arriva de penser, au moment de leur séparation, qu'à la différence de l'amour le goût de la voile n'avait en définitive pas grand-chose à voir avec le fossé social, pas plus qu'avec la géographie. Il se fit la réflexion que c'était probablement une question d'oreille interne. Mais il garda la réflexion pour lui. Carole était devenue beaucoup trop intelligente pour accepter d'en discuter. Et puis, de toute façon, il ne l'aimait plus.

La vérité

– Je veux connaître la vérité.

Debout, les jambes légèrement écartées, Jean-Gabriel avait posé ses poings fermés sur les hanches. Qu'aurait-il fait de ses mains, de ses bras, si ce n'est cogner sur le petit garçon qui lui tenait tête, Amalia se le demandait, alors il les gardait sur les hanches, disponibles et prêtes à bondir, comme deux chiens que la laisse retient à peine. Bruno gardait les yeux au sol. On ne voyait de lui que ses épaules voûtées et ses cheveux drus, coupés courts sur le crâne.

Amalia espérait que le plus grand ne s'accroupirait pas, qu'il ne se mettrait pas à la taille du plus petit, qu'il ne lui parlerait pas en pleine face. La disproportion entre les deux têtes l'inquiétait, le visage anguleux de Jean-Gabriel paraissait monstrueux quand elle le comparait à celui, rond, plein et doré, de Bruno. Trop de menton, trop de front, trop de pommettes. Trop d'os, avec l'âge, et plus assez de chair.

Mais il n'y a pas trente-six stratégies pour faire avouer un ennemi déterminé, et l'intimidation se révélant la plus payante, Jean-Gabriel s'accroupit devant Bruno. De l'index, il releva le menton baissé. Il chercha les yeux, fouillant du regard le visage fermé.

– Je veux que tu me dises la vérité, parce qu'il va bien falloir que je punisse quelqu'un et que je ne tiens pas à être injuste. J'ai l'injustice en horreur. Alors vas-y. Dis-moi la vérité.

– Mais je l'ai déjà dit : ce n'est pas moi. C'est peut-être ton fils. Tu n'as qu'à lui demander.

– Il y a une chose que tu sembles ne pas comprendre, c'est que je ne supporte pas le mensonge. Je ne veux pas de menteur chez moi.

– Puisque je te dis que c'est peut-être ton fils.

– Une autre chose que je n'aime pas, c'est cette façon d'accuser un petit qui ne peut pas se défendre.

– Je ne l'accuse pas. Je dis « peut-être ».

– Ne joue pas au plus malin. Je ne fais aucune différence entre toi et mon fils. Il y a une règle dans cette maison et tu la connais : tous les enfants qui vivent sous mon toit respectent le contrat de vérité. Alors ?

– Je veux aller chez mon père.

– Vendredi soir.

– Je veux y aller maintenant.

– Ce n'est pas ce qu'a prévu le juge. Le juge n'a pas prévu que tu irais chez ton père chaque fois que tu fais une connerie chez ta mère. Le juge a dit : vendredi soir. Mais tu veux peut-être que je l'appelle, ton père ? Le juge n'a rien dit pour le téléphone, on peut l'appeler n'importe quel jour de la semaine. Tu veux que je lui dise que son fils est un menteur ?

Bruno secouait la tête. Cette tête oscillant sur le doigt, on aurait dit un jouet, une boule basculant mécaniquement autour de son petit essieu.

– Comment tu peux le savoir, que je mens ?

– Tu ne m'as pas convaincu du contraire. Et c'est pourquoi j'attends que tu me répondes sincèrement. Qu'on en finisse.

Subitement la voix de Jean-Gabriel avait quelque chose de las, de presque tendre. Il avait abandonné le menton de Bruno, qui avait aussitôt incliné la tête. Il contemplait avec une sorte de compassion le crâne obstinément baissé.

– Bruno ? Tu te décides ou j'appelle ton père ? Tu as les cartes en main…

Amalia ne put voir les traits du garçon s'altérer. Mais elle observa, très distinctement, une goutte d'eau traverser l'air tiède de l'après-midi et s'écraser au sol.

– Tu pleures ?

Ragaillardi, Jean-Gabriel reprit le visage de l'enfant sur le bout de son index tendu. Il le gardait en équilibre, offert à son regard curieux. Si les lèvres ne tremblaient pas, les larmes débordaient, elles glissaient par-dessus la paupière. Bruno les essuya d'un revers de main et, empêché de regarder le sol, entreprit de fixer le plafond.

– C'est quand même incroyable, maugréa Jean-Gabriel. Toute cette comédie pour ne pas reconnaître que tu as fait une bêtise. Comment te faire confiance ? Si tout ce qu'on peut attendre de toi, ce sont des mensonges permanents…

La position accroupie le fatiguait. Il avait eu ces dernières semaines de graves problèmes de dos. Il se releva lentement. Tandis qu'il quittait l'échelle de l'enfant pour revenir à la sienne, tandis qu'il s'éloignait de son visage, Amalia constata que Bruno se redressait imperceptiblement. Il respirait.

Jean-Gabriel se tourna vers Amalia.

– Qu'est-ce qu'elle en pense, Amalia, d'un garçon qui refuse de reconnaître qu'il a fait une sottise et qui accuse son petit frère ?

Amalia pensait que, si Jean-Gabriel l'appelait à témoin, alors Bruno avait presque gagné.

– Elle n'en pense rien, elle n'est au courant de rien.
Jean-Gabriel haussa les épaules.

– Tu verras, le jour où tu auras des enfants, comme
c'est facile de les éduquer, et comme c'est agréable.
Quant à toi, reprit-il à l'adresse de Bruno, tu peux
filer, mais ne crois pas que tu vas t'en tirer comme ça.
On en discutera avec ta mère. Je n'aime pas que l'on
me fasse passer pour un imbécile.

Bruno fila par la porte-fenêtre, prestement, comme
l'aurait fait un oiseau. À un instant, il est là, sautillant
auprès de vous. L'instant d'après il a disparu, bien
malin celui qui le rattrapera. Jean-Gabriel se laissa
tomber dans le canapé qui faisait face à la cheminée.
De ses deux mains ouvertes, il massa doucement son
cou raide.

– Si seulement je n'avais pas si mal au dos... Ce ne
sont pas tellement ses conneries qui me contrarient.
C'est cette manière qu'il a de mentir à tout bout de
champ qui me rend dingue. Et quand il ne ment pas, il
invente.

– Il aura ses raisons, murmura Amalia.

– Ne te mêle pas de ce que tu ne comprends pas, dit
Jean-Gabriel.

– Pourquoi tu ne lui as pas dit ?
La tête levée, Amalia se protégeait les yeux, de son
avant-bras replié sur le front. Dans les éblouissements,
elle distinguait à peine Bruno qui s'était réfugié dans
le saule. À quelques mètres du sol, les branches formaient un berceau où un enfant pouvait nicher à son
aise. Juché dans la nacelle, Bruno portait à bout de
bras une hache qui faisait presque sa taille.

– Il m'aurait puni, de toute façon.
Amalia ramena son visage au sol, l'herbe sèche au

pied de l'arbre avait des reflets mordorés. Elle se frotta les yeux pour en effacer les éclaboussures de lumière.

– Tu as le droit de te servir de cette hache ?

Penché sur le côté, en équilibre sur sa jambe ployée, Bruno donnait de petits coups sur une branche malingre qui semblait ne plus tenir au tronc que par négligence. Il tenait le manche à deux mains et balançait devant lui la cognée trop lourde. Elle n'accrochait pas vraiment à la branche, elle glissait sur l'écorce dont elle détachait de petits copeaux qui voletaient dans l'air, se confondant avec les éclats du soleil.

– C'est une branche morte.

– Mais la hache ? Tu as le droit de la prendre ?

– Oui.

– Tu mens.

Le rire de Bruno dégringola de l'arbre.

– Prouve-le.

– Je vais demander à Jean-Gabriel.

La hache tomba de l'arbre et s'affaissa sur le sol meuble. Accroché par les mains à une branche maîtresse, Bruno se balança puis se laissa chuter. Il atterrit entre Amalia et la hache.

– Je ne veux pas que tu te blesses, remarqua Amalia. Pas devant mes yeux. Pas quand je te regarde.

– Je ne me blesse jamais.

Bruno ramassa le manche et tira la hache vers l'appentis du jardin. Amalia le suivait.

– Comment tu as deviné que c'était moi ?

La cognée creusait derrière lui une traînée terreuse.

– Je t'ai vu.

Bruno s'immobilisa et se tourna vers elle. Il portait un pantalon de coton informe, troué aux deux genoux. Son polo usé tombait sur ses fesses. Une sueur très fine perlait au-dessus de ses lèvres et à la racine de ses cheveux.

– Je ne te crois pas.

– J'étais à la salle à manger. Je te voyais par la porte de la cuisine. Tu as pris un tabouret sous la table et tu as grimpé pour attraper un paquet de biscuits dans le placard. C'est en descendant que tu as renversé la bouteille de sirop. Tu as nettoyé avec l'éponge de l'évier, mais tu as fait trop vite. Tu n'as pas fait attention au sucre qui s'était glissé dans les interstices du carrelage. Il aurait fallu utiliser de l'eau chaude, et du produit vaisselle.

– D'accord, admit Bruno. Pourquoi tu ne l'as pas dit à Jean-Gabriel ?

– Je ne sais pas.

– Tu mens.

– C'est vrai. Parce que je ne veux pas me mêler de vos histoires.

– Tu mens encore.

– Parce que je n'aime pas la façon dont il te parle.

– C'est tout ?

– Non. Parce qu'il me rend malade, avec son baratin sur la justice et la vérité.

– Quelquefois, dit Bruno – il avait le visage pensif, il ouvrait la porte de l'appentis –, quelquefois je pense que le jour où je serai aussi grand que lui, je le tuerai avec ma hache.

– Tu ne seras jamais aussi grand que lui, remarqua Amalia. Tu ressembles à ton père.

– Alors je ne le tuerai pas. Je volerai la hache et je m'en irai pour toujours.

Amalia fit celle qui n'avait pas entendu.

– À ta place, j'irais le trouver et je lui dirais : j'ai renversé la bouteille de sirop et je te demande pardon. Il n'en veut pas plus. Il t'engueulerait un bon coup et ensuite tu serais tranquille.

Bruno secouait la tête. Il réfléchissait.

– Non, dit-il à la fin, non, ça ne m'intéresse pas du tout, être tranquille et tout ça, pas du tout.

Jean-Gabriel n'avait pas bougé du canapé. Un vent léger passait par la porte-fenêtre. Les bras croisés derrière la tête, il gardait les yeux fermés.

– Comment trouves-tu le jardin ? demanda-t-il à Amalia quand il l'entendit entrer dans le séjour.

– Très beau. C'est toi qui t'en occupes ?

– Oui et non. Je tonds et je taille les arbres. Mais pour les fleurs, ce serait plutôt Catherine. Elle est folle de ce jardin, c'est elle qui a voulu vivre à la campagne.

Amalia s'assit en face de lui, dans un fauteuil.

– Au début, je n'étais pas sûr que je m'y ferais. Mais je me suis habitué. J'aurais du mal à revenir en ville.

– Oui, fit Amalia distraitement, oui, certainement.

La campagne. Il préférait la campagne, tandis qu'elle n'aurait pas supporté de vivre loin de la ville. Il s'habituait toujours, à tout, tandis qu'elle ne s'habituait jamais, à rien. Ils avaient si peu en commun qu'elle s'étonnait toujours d'avoir vécu si longtemps avec lui, d'avoir partagé tant de repas et tant de nuits, des années après leur séparation elle s'étonnait encore, elle était stupéfaite et amusée.

Elle se remémorait leur séparation – cet instant où, assise sur le lit conjugal, elle avait annoncé que c'en était fini de leur association –, comme d'une entrée dans la raison, d'un minuscule et lumineux triomphe. Il avait eu l'air surpris, il lui avait demandé de réfléchir. Le soleil de juin inondait la chambre, elle était assise en tailleur sur le lit et elle souriait. « Je crois que c'est une erreur», avait-il dit. «Je ne crois pas», avait-elle répondu et les choses en étaient restées là. Ils avaient déménagé quelques semaines plus tard.

Elle lui était reconnaissante d'être parvenu à rompre. Et parce que la rupture avait été pour elle une joie, elle croyait ne pas lui garder rancune de leurs années de compagnonnage.

Les liens qui s'étaient noués entre eux étaient plus nombreux qu'elle ne le soupçonnait et ils se revoyaient plus souvent qu'elle ne l'aurait imaginé. Il y avait le travail, qui les amenait à croiser dans les mêmes eaux, les amis qui, ne s'estimant pas tenus de choisir entre l'un et l'autre, les invitaient aux mêmes dîners.

Quand Jean-Gabriel avait emménagé avec Catherine et Bruno, ce petit garçon qu'elle avait eu d'un autre mariage, Amalia s'était fait la réflexion que la nouvelle épouse tiendrait sans doute à les garder à distance, elle et son passé. Mais Catherine avait assez de caractère, ou de distraction, pour ne pas s'encombrer de craintes inutiles. Et puis elle avait donné naissance à d'autres enfants. Avec eux, elle avait plongé de vivantes racines dans l'existence de Jean-Gabriel, dans sa chair et dans son cœur, elle se savait invulnérable.

– À quoi tu penses ? demanda Jean-Gabriel.

– À rien, fit Amalia. Je ne vais pas passer l'après-midi chez toi, il faudrait que tu me rendes ce dossier que je t'ai prêté, est-ce que tu te souviens de l'endroit où tu l'as rangé ?

– Ne bouge pas, gémit Jean-Gabriel. Je vais voir dans mon bureau, il faut que je remette la main dessus.

Il se redressa lentement. Il souleva son torse raide en prenant garde à ne pas bouger son cou et posa les pieds au sol. Amalia le regarda se diriger lentement vers l'escalier et disparaître dans la pénombre.

Dans l'appentis, la hache n'avait pas bougé, mais elle était seule. Amalia chercha Bruno des yeux, dans le jardin, sur la terrasse. Elle aurait aimé lui dire quelque chose encore, elle ne savait pas bien quoi, lui laisser des mots d'amitié comme on laisse des mots d'amour, sachant qu'ils font de l'usage, que la mémoire les apprécie mieux que l'instant ne les saisit.

– Bruno ! Bruno !

Il ne répondait pas, sans doute ne l'entendait-il pas. Il devait être enfermé dans sa chambre, devant sa télévision, à moins qu'il n'ait pris son vélo et ne soit parti jusqu'au village, faire le tour de la place déserte à cette heure.

Elle revint sous l'arbre. Elle s'agenouilla et souleva devant elle une plaque de mousse, épaisse et moelleuse. Elle se pencha sur le trou qu'elle venait d'ouvrir dans la terre rousse. Le parfum de l'humus se posa sur son visage comme une caresse.

– Il y a des choses, murmura-t-elle, que je ne peux pas dire à Bruno parce qu'il est trop jeune, et que je ne peux pas dire à Jean-Gabriel parce qu'il est trop tard. Il faut pourtant que ces choses soient dites.

Elle avait penché la tête si bas que sa bouche touchait presque le sol. Elle aurait pu goûter la terre, si elle avait voulu, la prendre sur sa langue, saisir entre ses lèvres les flocons humides.

– Je veux que la terre entende que Jean-Gabriel est le plus grand menteur que la terre ait jamais porté, dit-elle en s'efforçant d'articuler – les mots se répandaient sur le sol autour de ses lèvres et filaient comme une source. Il m'a menti si souvent, à moi, que je n'aurais pas assez de l'après-midi pour faire le compte de tous ses mensonges. Il m'a menti le jour, la nuit, et quand j'étais sur un lit d'hôpital, par ses silences et par ses gestes, seul et en compagnie, dans les serments il mentait encore. Il n'a jamais menti que pour son confort et par lâcheté, et ses mensonges ont labouré ma vie jusqu'à ce qu'elle soit désolée et que plus rien n'y pousse. Il faut que la terre au moins se souvienne que Jean-Gabriel a été et restera le roi des menteurs. Et un sacré truand pour emmerder un gosse avec une histoire de sirop renversé.

Amalia regarda la terre. Elle n'avait pas bougé, elle avait englouti les mots comme elle absorbait l'eau et la lumière. Des araignées lilliputiennes caracolaient, presque translucides, sur les grumeaux brunâtres. Elle ramassa le couvercle de mousse arraché au sol et le remis soigneusement sur la plaie qu'elle avait ouverte quelques instants plus tôt. La pièce s'emboîta instantanément.

– Et voilà, chuchota Amalia en tapotant le sol du plat de la main. Ce qui est dit n'est plus à dire.

Elle se releva doucement, elle était engourdie.

– Ma parole, dit-elle aussi, la seule façon de lui pardonner est encore de penser qu'il est dingue.

Elle frotta ses genoux maculés et prêta l'oreille. On n'entendait que les pigeons ramiers, le souffle du vent au sommet de l'arbre et, au loin, le vrombissement continu des échangeurs de l'autoroute.

Assise dans un fauteuil de plastique vert, les jambes étendues devant elle, Amalia attendait que Jean-Gabriel ait remis la main sur son dossier. On voyait, de la terrasse, les jardins mitoyens, leurs pelouses entretenues, les lilas chargés de grappes.

– Je me demande où est passé Bruno, dit-elle quand elle vit Jean-Gabriel arriver sur la terrasse. Il a disparu.

– Voilà ton dossier, fit Jean-Gabriel en déposant une chemise de carton sur ses genoux. Vérifie qu'il ne te manque rien.

Elle ouvrit la chemise et feuilleta les documents. Debout, à côté d'elle, Jean-Gabriel contemplait le jardin.

– Dans l'arbre, dit-il soudain. C'est là qu'il va se fourrer quand il a fait un mauvais coup.

– Non, répondit Amalia sans lever la tête, il y était tout à l'heure mais je l'ai vu descendre.

– Il faut croire qu'il est remonté. Regarde… Bruno !

Amalia abandonna son dossier et fixa l'arbre. Une petite silhouette s'accrochait aux branches, elle glissait le long du tronc, elle se recevait au sol, les jambes fléchies. Bruno était maintenant devant elle et la regardait avec un sourire carnassier.

– Tu es là-haut depuis longtemps ?

– À ton avis ?

Jean-Gabriel eut une grimace d'exaspération.

– Réponds poliment. Je t'en prie, Bruno. Recommence. Poliment.

– Ce n'est pas grave, murmura Amalia. Laisse tomber. Je m'en fous.

– Dans ce cas, grommela Jean-Gabriel, évidemment, c'est plus facile.

Le regard de Bruno quitta le visage d'Amalia et descendit se poser sur le bout des sandales de Jean-Gabriel.

– Jean-Gabriel, j'ai un truc à te dire.

– Oui ?

– J'ai renversé la bouteille de sirop en grimpant sur un tabouret pour prendre des biscuits dans l'armoire.

Les yeux de Jean-Gabriel se firent tout petits. Ils disparurent dans une multitude de petites rides creusées par la surprise et la satisfaction. Il se tourna vers Amalia et observa un moment de silence, tout à la saveur de l'aveu, de la victoire.

– C'est bien, Bruno, dit-il. Je suis fier de toi, et je suis fier de nous. Comme promis tout à l'heure, tu seras puni. Tu n'iras pas au foot demain, tu garderas ton frère pendant que nous sortirons, ta mère et moi. Mais si la punition est nécessaire, tu sais qu'elle n'a pas une grande importance. Ce qui est important, c'est que tu aies respecté notre contrat de vérité. Que je puisse retrouver un peu de confiance en toi.

Bruno ne répondait pas. Il fixait Amalia dont le visage rougissait de manière effrayante.

– Tu te sens bien ? s'inquiéta Jean-Gabriel en se penchant vers elle. On dirait que tu as pris un coup de soleil.

– Je crois que je vais rentrer, dit Amalia. Je suis très fatiguée.

Jean-Gabriel sortit un trousseau de clés de la poche arrière de son short.

– Je te raccompagne à la gare.

– Je préfère aller seule, se défendit Amalia. À pied. J'ai envie de marcher.

Jean-Gabriel hocha la tête. Aussi vite, les clés disparurent dans la poche du short, contre la fesse.

– C'est sympa de passer nous voir, remarqua Jean-Gabriel. Tu devrais venir plus souvent.

Quand elle fut sur le seuil du jardin, Amalia se retourna. Jean-Gabriel avait déjà refermé derrière lui la porte de la maison. Mais elle cherchait Bruno. Elle n'eut pas à guetter longtemps, il se dirigeait vers elle, son polo lui battant les cuisses.

– Au revoir, dit-elle en lui tendant la main.

– Au revoir, dit-il, et la petite main rêche vint se couler dans la sienne.

– Je ne savais pas que tu étais dans l'arbre, ajouta-t-elle.

– Je ne savais pas que tu parlais aux racines.

– Si j'avais imaginé que tu pouvais m'entendre, précisa Amalia, je n'aurais rien dit.

– Tu mens, remarqua Bruno. Mais ce n'est pas grave.

Elle se détourna, descendit du seuil de pierre et s'engagea dans la ruelle qui menait à la gare. Elle l'entendit qui fermait la porte, le chuintement des gonds, le claquement sec de la clenche. Puis elle l'entendit à nouveau, qui se ravisait. Il avait ouvert la porte et courait derrière elle, la porte restait battante.

– Je voulais te dire, il tendait vers elle son visage préoccupé, pour la hache…

– Quoi, la hache ?

– Le jour où tu la voudras, tu pourras me la demander. Elle sera ta hache aussi, je te la passerai.

Les cochons d'Inde

Au début de l'année, c'est ma mère qui se charge de remplir tous ces papiers qu'il faut fournir au lycée. Tous les ans, les mêmes papiers, nom, adresse, numéros de téléphone et tout le bazar. Moi, j'assure les photos d'identité.

– Je ne peux pas le faire à ta place, me dit-elle avec un air de reproche, en me fourrant 4 euros dans la main.

Elle remplit les trucs en grommelant, le plus tard possible en soirée. Elle s'énerve parce que rien n'est prévu pour les parents divorcés, pour les mères qui ont l'autorité parentale, pour les familles à choix multiples. Elle n'a jamais assez de place, jamais la place qu'il faudrait. Enfin, elle n'est pas contente, elle râle. Dix ans que ça dure. À force, elle aurait pu s'habituer, mais non. Ou plutôt si : elle adore râler, elle râle par habitude, et même l'habitude ne lui gâche pas son plaisir (si elle gâche le mien). Tout ça pour dire que, cette année, nouveauté : il a fallu que je remplisse moi-même.

– Tu es majeur dans trois mois, m'a-t-elle dit en me rendant le dossier, tu peux commencer à te taper la paperasse.

136

– Pas de problème, j'ai dit, et file-moi 4 euros pour les photos.

J'ai pris les trucs, des cartons bleu carrelage et vert cuisine, un Bic en état de marche (très rare) et j'ai rempli. J'ai rempli ce que je pouvais remplir : nom, adresse. J'ai laissé des espaces vacants pour les numéros de téléphone, professionnels et autres, les immatriculations de Sécu et d'assurance, les personnes à prévenir en cas de passage inopiné sous un bus. Bref, tout ce qui concerne la vie privée des parents, et les signatures, père d'abord, mère ensuite, hé oui, Mutti, c'est toujours le patriarcat, avec mes excuses. À la fin, tout à la fin, presque en bas du carton vert, je suis enfin tombé sur la meilleure colonne, ma préférée, celle qui fait des histoires tous les ans : « Frères et sœurs ».

Les années où elle est fatiguée, ma mère assure un service minimum : je n'ai qu'une sœur. C'est la fratrie réduite au minimum. Eléonore et moi, moi et Eléonore. Même père, même mère, même sang : pur-sang. Les années où elle est plus en forme, je me trouve à la tête de trois mômes de plus : elle me reconnaît les demis, les sang-mêlé. Elle les liste : Benoît et Valentin, demi-frères côté père ; Aurélia, demi-sœur côté mère. De deux (minable), nous passons d'un seul coup à cinq (remarquable). Les années fastes, les années de nirvāna familial, elle pousse l'œcuménisme jusqu'à me rajouter Samuel, le fils de ma belle-mère, au prétexte que nous sommes plus ou moins élevés ensemble, rapport à la vie commune avec mon père. Alors là, je suis l'aîné de six, c'est beau, c'est grand, et c'est une ligne de trop pour le carton vert, lequel n'a pas prévu qu'une famille puisse comprendre plus de quatre gosses (« Et alors, s'insurge ma mère, les autres, on se les met sur papier libre ??! »). Deux dimensions, pentagone, hexagone. Je suis un type à géométrie familiale variable.

Sans blague, je me demande qui lit ce genre de formulaire une fois rempli. À mon avis, personne. Parce que si quelqu'un se donnait la peine de jeter un coup d'œil à la colonne «Frères et sœurs», je pense qu'on me demanderait des comptes. Non seulement le nombre des inscrits n'arrête pas de changer, mais en plus, il y a beaucoup trop de noms là-dedans, beaucoup trop pour une seule famille, j'entends.

Dans sa grande sagesse, l'administration a prévu que l'on donne le nom de famille des frères et sœurs. Et chez moi, on en totalise quatre. Eléonore et moi, un (le nom de notre mère). Benoît et Valentin, deux (le nom de leur père, qui se trouve être aussi le nôtre). Aurélia, trois (le nom de son père, qui est notre beau-père). Samuel, quatre (le nom de son père, alors là, rien à voir, c'est l'ex de notre belle-mère).

Quelquefois, je sens bien que ma mère a des remords, pour cette affaire de nom.

– Les enfants, nous propose-t-elle, à Eléonore et à moi, comme si de rien n'était, au début ou à la fin du dîner, en servant la soupe ou les yaourts, vous ne voudriez pas prendre le nom de votre père?

En fait, nous ne lui répondons pas. Nous lui avons répondu, il y a des années de cela, que «merci beaucoup, maman, ce ne sera pas nécessaire, ce nom, maintenant qu'on y est habitués, on ne va pas le changer». Elle a insisté :

– C'est très simple, il suffit de s'y prendre avant que vous ayez 18 ans. On fixe rendez-vous chez le juge, tous ensemble, et hop, il vous donne le nom de votre père.

– Quoi «hop» ? a protesté Eléonore. J'ai rien fait de mal, je ne vois pas pourquoi j'irais chez le juge.

Quand elle ne veut pas nous le faire changer à toute force, elle s'excuse :

– On a peut-être eu tort, tous les deux, votre père et moi. Mais on était jeunes, on était d'accord pour enquiquiner les parents, et puis c'était par féminisme aussi…

– C'est très bien d'être féministe, je dis. J'aime bien les féministes comme ma maman.

– Tu n'avais qu'à pas vouloir enquiquiner tes parents, remarque Eléonore. Qu'est-ce que tu leur reprochais à tes parents, encore ?

Enfin, dans trois mois, la question tombera d'elle-même. J'aurai 18 ans, ce nom sera le mien, le mien à moi, le juge pourra toujours m'attendre, et ma mère répudier sa folle jeunesse. Tant pis pour eux, ils n'avaient qu'à réfléchir avant.

Toujours est-il qu'après nous, toute cette bande en est revenue au nom du père. Ils ont fait la révolution quinze jours. Après, c'était fini, tout le monde était rentré à la maison. Sauf qu'Eléonore et moi, on est nés dans ces quinze jours. Total on est bien les seuls à en avoir gardé les traces. C'est notre marque de fabrique : Nom de la mère, Fils de Babs Inc.

Enfin, mince, si quelqu'un se donnait seulement la peine de lire cette colonne, quelqu'un remarquerait que, même en soustrayant un nom de mère, il reste encore beaucoup de noms de pères. Le nom du père de Samuel, par exemple. J'adore ce type, j'adore Werner et sa manière trop bonne de faire les barbecues, je veux bien de tout mon cœur prendre son nom dans *ma* fratrie. Mais pourquoi personne ne se donne la peine de m'en demander la *raison* ? Et *pourquoi* personne ne remarque que, dans ce tas de gosses, un certain nombre sont nés quasiment en même temps ? Et si on était polygames ? Pour dire le fond de ma pensée, je souffre d'abandon. Pas de la part de ma famille, non, de ce côté-là, je souffrirais plutôt de l'inverse, excès, gavage. De la part de l'institution. Une telle négligence, un tel je-m'en-foutisme, comment peut-on leur faire confiance ? Après, on s'étonne que je ne me sois pas tellement investi dans la vie scolaire. Mais pourquoi je travaillerais pour des gens qui se désintéressent à ce point de ma vie *réelle* ?

Quelquefois, dans mes cauchemars, je me dis que Werner finira bien par se trouver une copine et donner un petit frère demi-sang à Samuel. Tout le monde s'enverra des dragées et moi, il me manquera deux lignes au carton vert. D'ici là, j'ai intérêt à avoir quitté le monde enchanté de l'enseignement du second degré. Ce qui me fait au moins une raison d'avoir le bac.

– Lucas, a soupiré ma mère, qu'est-ce que tu fabriques ? Il y a deux heures que tu traînes à ton bureau. Qu'est-ce qui ne va pas ?

– Je ne traîne pas, ai-je répondu avec une grande dignité. J'écoute Dr Dre. Tout va bien.

Dans un sens, c'était vrai.

Ma mère a baissé le volume de la chaîne.

– Dépêche-toi de remplir ces papiers et mets-toi au travail. Tu as un bac à la fin de l'année.

Elle avait affreusement raison. Oui, j'avais un bac à la fin de l'année, j'avais même un tournoi de go à la fin de la semaine. Il fallait que je pense à me mettre à jour. J'ai bouclé l'affaire prestement. Nom, adresse et, dans la colonne «Frères et sœurs», en majuscules, j'ai inscrit «SIX FRÈRES». Pour ce qu'ils en avaient à battre, ceux d'en face, je ne me sentais pas de me casser la tête plus longtemps. Ensuite, je me suis allongé sur mon lit et je me suis mis à l'étude du go. Excellent.

J'aurais dû en rester là, rendre mon carton tout plein de vides avec ma photo agrafée dessus. Comme je me suis tué à l'expliquer plus haut, je n'en aurais plus jamais entendu parler. J'ajoute que mes fiches, depuis huit ans que je les rends, ils en ont toute une collection. Ils auraient complété d'eux-mêmes. Je ne sais pas ce qui m'a pris, un zèle imbécile : j'ai passé le carton à ma mère pour qu'elle le termine. Pour qu'elle le signe (moi qui connais sa signature comme si je l'avais inventée).

– Je te le rends demain, m'a-t-elle dit en prenant une mine soucieuse, je le remplirai plus tard.

Je l'ai crue. Je suis allé me coucher l'âme en paix. C'était une erreur. Une vieille erreur. Elle ne m'a pas rendu mon carton le lendemain matin.

Quand je suis parti pour le lycée, elle dormait encore. Ce n'était pas très grave, j'avais oublié toute cette histoire de papiers.

– Comment ça vous avez oublié ? a fait la prof de physique, qui se trouve être ma prof principale et que, pour mon malheur, je me tape pour la troisième année consécutive. Mais un de ces jours, mon ami, c'est votre tête que vous allez oublier !

Cette tête, je l'ai baissée. D'abord je ne suis pas son ami. Ensuite, j'en ai un peu marre de leurs vieilles blagues. Celle de la tête qu'on oublie, je me la traîne depuis la maternelle. On dirait qu'ils se la refilent d'une année sur l'autre.

– Demain, ai-je murmuré. Sans faute.

Elle a souri, l'air de celle à qui on ne la fait pas. Qu'est-ce qu'elle voulait, à la fin ? Que je lui baise les pieds ? Je devrais peut-être le faire, leur baiser les pieds, quand je veux me souvenir d'un truc sans intérêt. Parce que ce carton, je l'avais à nouveau oublié en rentrant chez moi, le soir. J'aurais pu me taper une nouvelle rafale de blagues éculées (du type « la tête dans les nuages »), si la bienveillance de mes parents ne m'avait rappelé à mes devoirs. C'est mon père qui est monté au front. Généralement, quand il y a le feu, c'est lui qui s'y colle (je veux dire : ma mère l'appelle et c'est lui qui s'y colle). J'étais à peine installé sur mon lit que le téléphone a sonné.

– Lucas ?

C'était sa bonne voix, sa bonne grosse voix de bon papa très paternel.

– Tu vas bien ?

– Oui, très bien.

– Pas de problèmes en ce moment ? À l'école ? À la maison ? Avec ta mère ? Avec ta sœur ?

Il commençait à devenir lourd.

– Qu'est-ce que j'ai fait de mal ?

– Rien, mon grand. Pourquoi cette question ? Tu te sens coupable ?

– Jusque-là, c'est toi qui les poses, les questions…

Il y a eu un petit silence entre nous. Et puis il a lâché le morceau.

– Ta mère m'a téléphoné tout à l'heure. Il paraît que tu as déclaré au lycée que tu avais six frères. Elle était inquiète.

– OK, ai-je fait, tu devrais l'appeler. C'est elle qui a un problème.

– Cinq minutes, a dit mon père. On va vérifier : tu en as combien, de frères ?

– Pffff…

– Ne fais pas la mauvaise tête. Combien ? Attends que je compte. Deux chez toi, deux frères. Plus deux gonzesses en vrac, Eléonore et Aurélia. Voilà, deux frères, deux sœurs. Et j'ajoute Sam. Bon : trois frères, deux sœurs.

– Très bien. Et tu trouves ça normal de compter Sam ?

– Je suis pour le droit du sol, figure-toi. Depuis le temps qu'il traîne dans les parages, j'ai décidé de le régulariser. Donc oui, je t'annonce officiellement que Sam a ses papiers. Dans ce cas, qu'est-ce qui t'a pris d'écrire que tu avais six frères ?

J'ai hésité. Je n'avais pas de réponse toute prête. À part la flemme, qu'est-ce qui m'avait pris, au juste ?

– Et alors ? Personne ne lit ce truc. J'aurais pu écrire : dix-sept cochons d'Inde, c'était pareil.

Mon père a pris une voix très douce pour murmurer :

– Et quel rapport tu fais entre tes cinq frères et sœurs et dix-sept cochons d'Inde ?

J'en avais marre de cette conversation.

– Papa, j'ai dit, je connais ce vieux truc mieux que toi. Je me suis tapé six ans de psychothérapie, et toi, même pas cinq minutes. Bonsoir.

On a arrêté là.

Je ne suis sorti de ma chambre que pour le dîner (il se trouve qu'en attendant, je dormais). Ma mère était debout devant la cuisinière. Elle tournait une cuillère dans la soupe. Elle avait mis son tablier bleu. Elle était assez moche.

– Tu as eu ton père au téléphone ?

– Oui.

Je n'ai rien ajouté, je l'ai laissée mariner un petit peu. Elle touillait, elle touillait, j'ai eu pitié.

– On dirait qu'il se fait du souci, j'ai dit.

– On dirait, elle a fait.

– Il ne devrait pas. Les demis, les quarts et les rap-

143

portés, c'est ma famille et pas la sienne. Est-ce que je lui téléphone pour lui parler de ses frères et sœurs ?

– Non, a fait ma mère ; elle a souri.

Elle a enlevé son tablier. Elle était plutôt mieux, sans. Vieille, mais mieux. Elle devrait laisser tomber, le tablier, la clope et ses embrouilles sur ma famille. Elle n'y connaît rien, avec son unique sœur pur-sang et ses vieux parents toujours mariés. Quand je pense qu'elle me pourrit avec mes frères, je me pince.

T'inquiète pas, maman chérie, avec les petits, tout va bien. C'est TOI, le problème, va pas chercher plus loin. Voilà ce que j'ai pensé. Et voilà ce que je n'ai pas dit, car je suis un garçon sensé.

Garde à vue

Cécile a appelé Fabien au matin. Elle n'avait pas fermé l'œil de la nuit, elle pleurait au téléphone, Andréa n'était pas rentrée, elle n'avait pas téléphoné. C'était la première fois que la gamine disparaissait sans donner de nouvelles.

– Tu as appelé chez son père ?

– Il est au Mali.

– Chez tes parents ?

– Pour les inquiéter ? Si elle avait débarqué chez eux, ils m'auraient appelée.

– Ses copines ?

– Je n'en connais qu'une, elle n'est au courant de rien.

Fabien a pris son scooter et il est allé chez Cécile. Elle sanglotait, il n'aimait pas l'idée de la laisser seule face au téléphone muet. Il a commencé par déblayer la table de la cuisine, puis il a préparé du café. Il a posé les bols fumants devant eux, il s'est assis tandis qu'elle appelait les hôpitaux. Aucun n'avait enregistré d'Andréa dans la nuit, quinze ans, cheveux noirs, peau noire, un mètre soixante-dix, française.

– Rassurée ?

– Ça ne veut rien dire, a murmuré Cécile, peut-être qu'elle est morte.

– Pauvre conne, il a eu envie de la gifler, de la faire tomber de sa chaise et de lui coller deux claques. Maintenant, il faut prévenir les flics.

– Les flics ?

Cécile a posé sur lui des yeux éperdus. Il a baissé les siens, l'envie de la gifle n'était pas passée. Il a pris le téléphone et l'a posé sur la table devant elle.

– Vas-y, appelle.

Cécile a composé le numéro. Elle bredouillait, répondait timidement aux questions qu'on lui posait à l'autre bout de la ligne, elle réfléchissait avant de se lancer, comme si elle passait un examen.

– Je suis la mère, a-t-elle fini par dire. Oui, c'est ma fille, et elle a fondu en larmes.

Elle a raccroché, Fabien a approché sa chaise de la sienne et mis la main sur son bras.

– C'est fait, c'est bien. Ils rappelleront. En attendant, tu ne veux pas t'allonger et dormir un peu ?

La tête de Cécile est venue se poser sur son épaule, menaçant de glisser sur son torse.

– Comment tu veux que je dorme ?

– Fais un effort. Prends un cachet. Il va falloir que j'y aille.

– Pourquoi ?

– Je travaille. Il y a des gens qui m'attendent.

Fabien a serré Cécile contre lui, a juré sur sa tête qu'il n'avait pour Andréa aucune inquiétude majeure (elle aurait dormi chez une copine), a promis de revenir en fin de journée. Il a ramassé au sol le casque de son scooter et descendu l'escalier en courant. Dans la rue, c'était lui qui pleurait. Il n'aimait pas l'idée qu'Andréa puisse s'évanouir, toute une nuit. Il avait été trop con de lui offrir ce portable pour ses quinze ans. Pour l'usage qu'elle en faisait, il le lui reprendrait. Et il lui supprimerait l'argent de poche.

– Fabien, a fait Cécile sans même lui demander si elle le dérangeait (et elle le dérangeait), je l'ai retrouvée.

– Elle est où ?

– Au dépôt.

– Comment tu le sais ?

– C'est le flic de tout à l'heure. Je lui ai fait pitié. Il s'est renseigné, il a rappelé. Elle sort demain. À onze heures.

– Et d'ici là ?

– Rien. Garde à vue.

– Pourquoi ?

– Un vol. Dans une grande surface. Qu'est-ce qu'on peut faire ?

– Trouver un avocat.

– Avec quel argent ? Déjà que je ne peux pas payer l'électricité, comment tu veux que je paye l'avocat ?

– C'est sûr que les choses seraient plus simples si tu travaillais.

Cécile a soupiré dans le combiné, Fabien regrettait d'avoir dit ce qu'il pensait et qui n'était pour l'heure nécessaire à personne.

– Je fais des efforts, a reniflé Cécile, tu le sais que je fais des efforts…

Il faisait nuit quand Fabien est repassé, à la sortie du travail, avant de rentrer chez lui. Cécile pleurait toujours vaguement. Elle avait pris des cachets, elle tenait des propos un peu incohérents. Ils ont ouvert une bouteille de vin blanc. Fabien a demandé à Cécile des nouvelles de sa famille. Il a proposé de chercher une pension où inscrire Andréa, dès l'automne prochain. Quand la bouteille a été vide, il est rentré chez lui.

À onze heures, il verrouillait l'antivol de son scooter, sur le parking, devant le dépôt. Il a vu Cécile arriver, courant à demi, livide dans un manteau noir trop grand pour elle. Fabien a passé le bras sous le sien.

– Et pour ton travail ? a soufflé Cécile.

– T'occupe. Je récupérerai demain.

Ils attendaient, assis comme deux vieux sur un banc de bois, quand ils l'ont vue entrer, plus grande que la femme qui l'amenait, les menottes aux poignets, un hématome sur la pommette droite. Les yeux de Cécile se sont arrêtés sur les poignets de sa fille, puis levés sur son visage.

– Andréa, a-t-elle murmuré, de grosses larmes coulaient le long de ses joues et dégoulinaient sur son col.

Andréa regardait sa mère avec une tendresse inquiète, comme une mère eût regardé sa fille.

– Lâchez-moi, a-t-elle dit à la femme qui la tenait par le bras. Lâchez-moi, je vous dis.

Elle a eu un brusque mouvement d'épaules, la femme n'a pas lâché son bras. Elle a resserré son étreinte. Elle a dit :

– Tu veux y retourner ? T'as l'air d'aimer ça. Continue comme ça, je te fais un aller simple.

Fabien a regardé la gamine. Ses joues de petite fille, son regard d'enfant furieux. Il mourait d'envie de se jeter sur la femme et de lui arracher Andréa.

– Du calme, a-t-il dit, assez fort pour être entendu. Andréa, du calme.

Elle s'est tournée vers lui, elle ne l'avait pas encore remarqué, elle n'avait d'yeux que pour sa mère. À l'instant, son visage s'est détendu et elle a souri, largement, comme s'il venait de lui offrir une glace.

– Fabien ! Tu es là ?

– Mais puisque je te jure que j'ai rien volé, répétait Andréa.

Attablée devant un chocolat chaud, enfoncée dans son anorak rouge de Noël, elle avait la gouaille d'une lycéenne à la sortie des classes. C'est quand elle levait le nez de la vapeur bouillante qu'on remarquait l'hématome violet, au coin de l'œil. Fabien voyait malgré lui les ongles noirs, le rouge de l'anorak maculé de traces grises. Deux nuits avaient suffi. Elle avait les cheveux emmêlés et les épaules voûtées d'une fille qui dort dans la rue.

– Personne n'a rien pris. Tout ce qu'ils ont trouvé, c'est d'accuser Laura d'avoir volé le CD qui était dans son Discman. Comment elle l'aurait pris, avec toutes les sécurités qu'ils collent sur les emballages, je te le demande. Mais trois blacks qui entrent dans un magasin, à moins d'être en Chanel, les vigiles vont les pister, ça tu peux en être sûr. Ils les emmerderont jusqu'à trouver quelque chose. À la fin, on était enfermées dans leur cave pourrie, et les types hurlaient désapezvous, désapez-vous conasses, on saura à quoi s'en tenir. Tu le crois, toi, qu'il fallait se mettre à poil ?

Laura a gueulé la première. Ils en ont eu marre, ils ont appelé les flics. T'as encore rien fait, c'est vol et violences et tu montes dans le camion. Tu le savais, que ça blesse, les menottes ? Regarde mes bras, ils sont bleus. Dans le camion, c'était ambiance blague sauf que tu aurais pissé de peur. «Ça te dirait une pipe, toi ? Regarde si elle a pas une bouche à tailler les pipes, celle-là… Mais t'as vu la bouche qu'elle a, cette salope ? » Laura râlait, ils l'ont collée au sol, à plat ventre, sous le banc. Moi, ils m'ont rabattu mon gilet sur la tête, pour qu'on ne voie pas ma figure, ils ont serré le cordon. J'entendais toujours mais l'avantage c'est que je ne voyais plus. À la fin, ils en avaient marre eux aussi, ils ont mis la sirène pour rentrer plus vite. Je me suis cognée quand on est descendus. À cause de ma capuche. Je ne voyais rien, je ne sais pas ce qui me cognait. Mais ils devaient trouver ça drôle parce qu'ils riaient. Un type a détaché le cordon de ma capuche, et j'ai été interrogée. Le jeune tapait sur une machine vieille comme tout, avec ses index, deux secondes à l'heure. Je me suis assise à côté de lui. Je lui donnais l'orthographe des mots. Ça aidait.

Le plus nul, c'est que j'ai fini par me déshabiller. Complètement à poil, avec une folle qui t'inspecte comme chez le docteur et qui te parle mal. J'aurais mieux fait de me foutre à poil devant les vigiles, j'en serais sortie plus vite. Je voulais t'appeler, je voulais t'appeler tout le temps parce que je savais que tu avais peur, mais on ne peut pas. Pas en garde à vue. « Fallait réfléchir avant », c'est ce qu'on m'a dit de plus gentil. Je ne te dis pas le reste, c'était moche, pour moi encore ça va, mais c'est pour toi, ça faisait mal.

La première nuit, je suis restée assise par terre dans la cellule, au commissariat. La deuxième, assise par terre, mais au dépôt. C'est tellement dégueulasse. Même les bureaux puent. J'ai pleuré tout le temps, parce que je pensais à toi, j'étais sûre que tu ne dormirais pas. Est-ce que tu as dormi ?

— Pas avant de savoir où tu étais.

— J'en étais sûre, que tu ne dormirais pas. Moi non plus, je n'ai pas dormi. C'était long. Juste avant de sortir, un type nous a encore posé des questions, dans une petite salle. Il avait l'air gentil, il nous a offert des clopes. Laura a fumé la sienne. «C'est bien, a dit le type quand elle a écrasé son mégot. Maintenant, ton père sait que tu fumes. Je me demande si ça lui fait plaisir, ça m'étonnerait.» Comment elle aurait pu savoir que son père était derrière la glace, on ne pouvait le savoir. Elle a craqué, elle a pleuré. Le type avait l'air content. «Peut-être que t'as encore quelque chose à me dire? Peut-être que t'as encore envie d'ouvrir ta grande gueule?» Moi, je savais que tu étais de l'autre côté du mur et je voulais tellement te voir que je n'arrivais pas à rester tranquille. Ils nous ont remis les menottes bien serrées. Tu crois qu'ils le font exprès pour faire voir aux parents, de menotter les enfants? Est-ce que je peux avoir un autre sucre pour mettre dans mon chocolat?

– Tu veux que j'attaque quoi, exactement? a demandé Samira. Des blagues racistes? Des insultes sexistes? Des menottes trop serrées? Tu plaisantes, j'espère. Pour le moment, c'est eux qui portent plainte pour violence, et c'est ta fille qui passe devant le juge.

– Quelles violences? a murmuré Cécile. Elles ont quinze ans.

– Et alors?

Samira a remonté ses lunettes sur l'arête du nez.

– Quoi qu'ils fassent, ils ont raison et tu as tort. Ils sont assermentés. Le truc, et je te le dis parce que je suis avocate, c'est qu'il ne faut jamais avoir affaire à eux. Tu m'entends, Andréa? Jamais.

– Oui mais la question, c'est qu'on n'avait rien volé.

Samira a levé les yeux au ciel.

– Ce n'est pas juste…

Elle a tapé du poing sur la table.

— Malheureusement c'est comme ça. La prochaine fois qu'on t'arrête, tu ouvres ton sac avant qu'on te le demande. Tu sors tes papiers. Tu réponds poliment, tu ne protestes pas. Si j'étais toi, je ferais attention aux magasins où je mets les pieds. Et j'éviterais les grandes surfaces. Et attendant, on va essayer de te sortir de là.

— Merci madame.

— Je t'en prie. C'est mon boulot. Je suis payée pour ça.

Cécile a poussé sa grande fille devant elle. Elle a adressé à Samira un sourire timide et reconnaissant et elle a doucement refermé la porte derrière elle.

— Alors ? a demandé Fabien en s'enfonçant dans son fauteuil.

— Je ne te garantis rien. Tout dépend du juge.

— Je te dois combien ?

— Tu verras avec le secrétariat. C'est le cabinet qui facture.

— Qu'est-ce que tu en penses ?

— La même chose que toi. Des histoires de ce genre, j'en ai dix en stock. Maintenant, pour la petite, c'est à elle de faire attention. Elle est noire, elle est jeune et elle a tendance à la ramener. Il faut qu'elle apprenne à avoir peur.

Table

DU MÊME AUTEUR

Le Sac à dos d'Alphonse
(illustrations Pic)
L'École des Loisirs, «Mouche», 1993

Rude samedi pour Angèle
L'École des Loisirs, «Neuf», 1994

Et Dieu, dans tout ça ?
L'École des Loisirs, «Neuf», 1994
Corps 16, «Série Bleue», 1996

Une vague d'amour sur un lac d'amitié
L'École des Loisirs, «Neuf en poche», 1995

Tu seras un homme, mon neveu
L'École des Loisirs, «Neuf», 1995

Trop sensible
Éditions de l'Olivier, 1995
et «Points», n° P408

Verte
L'École des Loisirs, «Neuf», 1996

J'envie ceux qui sont dans ton cœur
L'École des loisirs, «Medium», 1997

La Prédiction de Nadia
L'École des loisirs, «Neuf», 1997

Comment j'ai marié mon frère
(illustrations Manet)
Calmann-Lévy, «La petite collection», 1998

Dis-moi tout !
Bayard, «Envol», 1998, 2004

Sans moi
Éditions de l'Olivier, 1998
et «Points», n° P681

Compartiment rêveur
(illustrations James Prunier)
Bayard, « Envol », 1999

Copie double
Bayard, 2000, 2005

Le Coup du kiwi
L'École des loisirs, « Mouche », 2000

Le Monde de Joseph
L'École des loisirs, « Neuf », 2000

Les vacances on y a droit !
en collaboration avec Éric Holder
Cercle d'Art, 2001

Les Confidences d'Ottilia
Bayard, 2001

Traversée du Nord
National Geographic, 2002

Ma collection d'amours
L'École des loisirs, « Mouche », 2002

Dragons
Éditions de l'Olivier, 2003

Ma vie d'artiste
Bayard-Jeunesse, 2003

Satin grenadine
L'École des loisirs, « Medium », 2004

Elie et Sam
L'École des loisirs, « Neuf », 2004

Nord Pas-de-Calais Picardie
National Geographic, 2004

Le Sac à main
Estuaire, 2004

Entre l'elfe et la fée
L'École des loisirs, « Mouche », 2004

La Vraie Fille du volcan
L'École des loisirs, « Théâtre », 2004

Séraphine
L'École des loisirs, « Medium », 2005

La Photo
Estuaire, 2005

La Vie sauve
(avec Lydie Violet)
*Seuil, 2005
et « Points », n°P 1470*

Petit Boulot d'été
Bayard-Jeunesse, 2006

Album vert
N. Chaudun, 2006

Bobigny centre ville
Actes Sud, 2006

Jamais contente : journal d'Aurore
L'École des loisirs, « Medium », 2006

RÉALISATION : PAO ÉDITIONS DU SEUIL
IMPRESSION : BRODARD ET TAUPIN À LA FLÈCHE
DÉPÔT LÉGAL : JUIN 2006. N° 84592. (35762)
IMPRIMÉ EN FRANCE